HUNLLEF

I Iwan, fy mrawd

Hunllef

MANON STEFFAN ROS

Noddir gan
Lywodraeth Cymru
Sponsored by
Welsh Government

⬢ **CYNGOR LLYFRAU CYMRU**

ISBN: 978 184771407 7
Argraffiad cyntaf: 2012

Mae'r prosiect Stori Sydyn/Quick Reads yng Nghymru
yn fenter ar y cyd rhwng Llywodraeth Cymru a Chyngor
Llyfrau Cymru.

Argaffwyd a chyhoeddwyd gan
Y Lolfa, Talybont, Ceredigion SY24 5HE
gwefan www.ylolfa.com
e-bost ylolfa@ylolfa.com
ffôn 01970 832 304
ffacs 832782

PENNOD 1

HANNER AWR WEDI DAU ac roedd y dref yn cysgu. Doedd dim smic o sŵn i'w glywed yn unman, dim ceir hyd yn oed, yn teithio ar hyd y stryd fawr. Roedd lampau'r stryd yn goleuo'r holl adeiladau'n oren.

Pobman yn dawel. Pobman yn llonydd.

Yn un o'r siopau, ar waelod y grisiau yn arwain i fyny i'r fflat uwchben, roedd ffigwr yn sefyll yn llonydd.

Doedd hi ddim yn hawdd gweld yr unigolyn, bychan, main a safai yno fel delw.

Ac yna, cymerodd y ffigwr gam i fyny i'r gris nesaf.

Yn boenus o araf, gam wrth gam, symudodd i fyny'r grisiau. Gwnaeth ei thraed y sŵn siffrwd lleiaf wrth gamu ar y carped henffasiwn. Roedd yn cerdded yn ddifywyd, fel petai pob cam yn ymdrech fawr. Wrth gymryd y camau olaf i fyny i'r landin, estynnodd ei llaw i gydio yn y canllaw.

Llaw grychog, denau, wen.

Wedi cyrraedd pen y grisiau, trodd y ffigwr at un o'r drysau ar y landin – drws pren, a golwg wedi gweld dyddiau gwell arno.

Roedd ychydig mwy o olau yma a lamp

5

y stryd yn goleuo'r ffigwr. Dynes oedd hi, dynes mewn côt hir, lwyd a'r hwd wedi'i dynnu'n dynn dros ei phen. Gwisgai sgert at ei phengliniau, a theits lliw te am goesau oedd bron mor fain ag esgyrn. Doedd ganddi ddim sgidiau am ei thraed, ac roedd twll fel 'O' fawr wedi'i rwygo yn ei theits.

Caeodd ei llaw am fwlyn y drws, a'i droi yn araf. Gwichiodd y drws ryw fymryn wrth ei agor.

Arhosodd y ddynes am rai munudau, yn gwylio'r dyn yn anadlu'n drwm mewn cwsg tawel yn y gwely.

Dyn canol oed, a fyddai wedi edrych yn ŵr bygythiol petai o ddim yn cysgu'n drwm a'r dillad gwely wedi'u lapio am ei goesau. Gan mai dim ond crys-T a thrôns a wisgai, roedd y tatŵs mawr Celtaidd i'w gweld yn amlwg ar ei freichiau a'i wallt wedi'i eillio'n dynn ar ei ben.

Gan fod yr ystafell o'i gwmpas yn llawn o focsys, roedd o fel petai ar fin gadael, neu newydd gyrraedd. Ar fwrdd bach ger y gwely roedd plât gwag ac arno grystyn hanner pitsa a mŵg gwag yn llawn o staeniau te.

Mewn un symudiad annisgwyl o sydyn, chwipiodd yr hen ddynes ei hwd yn ôl a dangos ei phen a'i hwyneb. Yn y golau gwan roedd hi'n edrych yn sâl – ei gwallt gwyn yn teneuo a phatshys mawr moel yn amlwg. Trodd ei phen i gyfeiriad y dyn.

Roedd yr wyneb yn aflan a chanol ei llygaid enfawr yn fflachio'n las tywyll a'r gwyn o'u cwmpas yn fawr. Roedd ei gwefusau main yn llinell dynn uwchben gên fach benderfynol. Ei thymer oedd yn ei gwneud hi'n afiach – y gwylltineb yn y llygaid gwallgof, a'i hwyneb yn llawn casineb.

Doedd hi ddim yn edrych fel person, rywsut.

Roedd ei symudiadau'n wahanol rŵan, hefyd, fel petai gweld y dyn wedi rhoi egni newydd iddi, gan wneud iddi anghofio ei bod hi'n hen. Symudodd yn gyflym, ond yn herciog fel aderyn tuag at y gwely. Pwysodd dros y dyn, gan blygu ei hwyneb yn agos, agos ato.

'Glyn,' meddai'n araf, ei thafod hir yn llwyd dros ei dannedd melyn. Prin bod ei llais yn fwy na chrawcian, ond roedd yn ddigon i fynegi ei hatgasedd tuag ato – gwenwyn pur, heb drugaredd.

Agorodd y dyn ei lygaid yn sydyn.

AGORODD GLYN EI LYGAID mewn braw.

Doedd hi ddim yno, wrth gwrs. Doedd hi byth yno pan fyddai o'n effro.

Gorweddodd Glyn yn ôl am ychydig, gan anadlu'n ddwfn. Roedd yn gallu teimlo'i galon yn curo'n uchel – yr unig sŵn a glywai gan fod gweddill y dre'n cysgu'n drwm. Caeodd ei lygaid gan obeithio y byddai'n syrthio yn ôl i gysgu. Ond medrai weld llygaid yr hen ddynes yn llawn casineb yn syllu arno. Ochneidiodd, a chodi ar ei eistedd.

Roedd golau'r stryd yn troi ei wely'n oren. Byddai'n rhaid iddo gael llenni gan y byddai unrhyw un yn gallu gweld i mewn drwy'r ffenest.

Cododd o'r gwely a cherdded yn flinedig i'r gegin fach. Roedd 'na ryw hen oglau tamp yno. Yn wir roedd angen glanhau'r fflat yn drwyadl, er nad oedd hynny'n poeni fawr ar Glyn. Agorodd yr oergell ac estyn am gan o gwrw. Cymerodd swig go fawr cyn eistedd ar sil y ffenest a syllu allan ar y stryd fawr. Roedd ei fam o'r farn ei fod o'n wallgof yn dod yn ôl i fyw i Dywyn ar ôl yr holl flynyddoedd.

'I beth?' gofynnodd iddo dros y ffôn. 'Fyddi

di'n nabod neb yno bellach, wsti. A beth bynnag, mae'r hen le wedi mynd â'i ben iddo ers i ni adael... Gwell i ti aros yn fan'ma...'

'Dwi'm isio aros o gwmpas a gweld Caroline o gwmpas y dre yn chwara *happy families* efo'r boi 'na.'

Ddywedodd Glyn ddim gair wrth ei fam ei fod o wedi gweld y llipryn yn dal dwylo efo'i gyn-wraig yn Morrisons yr wythnos cynt. Ddywedodd o ddim chwaith ei fod o wedi colli'i dymer wrth ei gweld hi'n gwenu'n ddel arno. Roedd o wedi meddwl tan hynny y byddai'n gallu cadw'n cŵl. Ond doedd o ddim. Mi fyddai o wedi gallu lladd y boi, wedi gallu'i rwygo fo'n ddarnau efo'i ddwylo. Tasa fo'n eu gweld nhw eto ac yntau wedi cael peint neu ddau...

'Wel, does gin i ddim unrhyw fath o job i 'nghadw i ym Mangor, beth bynnag. Dwi isio newid,' meddai wrthi.

'Ond pam mynd i Dywyn, o bob man?' holodd ei fam yn daer. 'Dwyt ti ddim wedi byw yno ers pan oeddat ti'n bum mlwydd oed!'

'Pam lai?' gofynnodd Glyn, a doedd hi ddim yn medru ateb hynny.

Wrth edrych allan drwy'r ffenest ar y stryd lonydd cyfaddefodd Glyn wrtho'i hun yn dawel, efallai mai hi oedd yn iawn. Rŵan ac yntau wedi cyrraedd, doedd ganddo ddim unrhyw syniad be yn y byd y medrai o wneud yma. Yr unig reswm dros symud oedd dianc rhag Caroline, dianc rhag pobol y dre, dianc cyn iddo fo wneud rhywbeth gwirion. Doedd o ddim wedi ystyried beth ddylai o wneud nesa. Dim ond dewis rhywle cyfarwydd wnaeth o, tre lle nad oedd pawb yn gwybod ei fusnes. Tywyn – tref fach ar lan y môr, tref dawel a fu'n gartref iddo nes roedd o'n bum mlwydd oed cyn i'w deulu symud i Fangor.

Tybed fyddai'i fywyd o wedi bod yn wahanol, tasa'r teulu wedi aros yn Nhywyn?

Yfodd ei gwrw, ac ochneidio. Doedd 'na fawr o bwynt poeni am hynny rŵan gan ei fod o yma bellach. Mi fyddai'n rhaid iddo fo ddechra eto. Fyddai neb yn ei gysylltu fo efo'r hogyn bach adawodd y lle mewn Ford Cortina gwyrdd dros ddeugain mlynedd yn ôl.

Piti bod yr hen hunllefau yna wedi'i ddilyn o, hefyd.

Doedd o ddim yn cofio pryd oedd y tro diwetha iddo freuddwydio am yr hen ddynes afiach 'na. Roedd misoedd ers hynny, mae'n siŵr, ond roedd ei golwg hi'n dal yr un mor ofnadwy wrth iddo dyfu'n hŷn. Pan oedd o'n hogyn bach byddai'n breuddwydio amdani'n aml, a deffro yn ei ddagrau yn gweiddi am ei fam. Yr un hen ddynes, yn pwyso dros ei wely ble bynnag fyddai o. Roedd y gwyn o amgylch ei llygaid yn fawr ac yn llawn casineb gan wneud iddi edrych yn erchyll. Bob hyn a hyn, byddai Glyn yn cael ychydig fisoedd o seibiant o'r hunllefau ac yn meddwl yn siŵr eu bod nhw wedi diflannu am byth. Ond dod yn eu hôl y bydden nhw bob tro ac yntau'n deffro ganol nos a'r chwys yn diferu oddi arno.

Welodd o erioed mohoni pan oedd o'n effro. Doedd hi ddim yn fersiwn hunllefus o ryw hen berthynas na chymdoges oedd wedi'i ddychryn pan oedd o'n blentyn.

Hen ddynes ei hunllefau oedd hi wedi bod erioed ac roedd hi wedi mynnu ei ddilyn ar hyd y blynyddoedd. Er, roedd hi wedi dod o hyd iddo fo'n ofnadwy o sydyn yn y fan yma – dim ond y diwrnod hwnnw roedd o wedi symud i'r fflat.

Byddai Caroline, ei wraig, yn ei ddal o yn ei breichiau ar ôl iddo gael hunllef, yn ei fagu fel petai o'n dal yn hogyn bach. Roedd hi'n hoff o weld yr ochr fregus iddo fo, meddai hi, yn licio'i warchod o pan gâi hunllefau. Yn enwedig am eu bod nhw'n ymwneud â rhyw hen ddynes ac nid am fomiau, neu ynnau, neu rywbeth *macho* tebyg. Tybed fyddai cariad newydd ei wraig yn cael hunllefau? Oedd hi'n

11

ei fagu fo ynghanol nos, yn plannu swsys ar ei ben chwyslyd?

Yfodd Glyn y diferyn olaf o'r can cwrw, a'i wasgu yng nghledr ei law cyn ei daflu i'r sinc. Mi fyddai'n rhaid iddo fo brynu teledu fory... Rhywbeth i gadw cwmni iddo yn ystod y nos, yn enwedig yn ystod yr oriau mân fel hyn, os oedd yr hen ddynes yn bwriadu ei ddeffro fo'n aml.

PENNOD 3

O FEWN WYTHNOS IDDO symud i'w fflat newydd, roedd Glyn yn teimlo fel petai o wedi bod yno erioed. Tref fechan ydi Tywyn, a chymerodd hi fawr o amser iddo ddod i'w hadnabod hi unwaith eto – y stryd fawr a'i siopau bach, y traeth braf a'r sinema hen ffasiwn. Cerddodd Glyn y strydoedd yn chwilio am rywbeth cyfarwydd, rhywbeth roedd o'n ei gofio ers pan oedd o'n hogyn bach. Ond er mawr syndod iddo, doedd o ddim yn medru cofio dim.

Prynodd ambell beth i'r fflat – hylif golchi llestri, mŷg newydd yn lle'r rhai llawn craciau yn y cwpwrdd a radio fach oedd yn rhedeg ar fatri. Doedd o ddim yn gallu fforddio teledu wedi'r cwbwl, a doedd 'na nunlle'n gwerthu llenni. Ond yn rhyfedd iawn doedd fawr o ots gan Glyn am y rheiny. Mi fyddai ei fam yn siŵr o ddod ag ambell beth pan fyddai hi'n ymweld ag o, beth bynnag.

Doedd neb yn y dre'n talu 'run iot o sylw iddo.

Wel, doedd hynny ddim yn gwbl wir. Yn y siop elusen fach daclus o dan ei fflat, roedd criw o hen ferched yn smalio'u bod nhw'n famau maeth iddo fo. Eto, gwnaeth ei orau i drio'u hannog nhw i beidio â rhoi gormod o sylw iddo. Cwestiwn ar ôl cwestiwn gafodd o ganddyn nhw: 'O ble dach chi'n dod?' 'Dach chi'n briod?' 'Sgynnoch chi job?' 'Fedrwch chi sbario chydig o oriau yn y siop?' Gwnaeth ei orau i roi atebion byrion, anniddorol er mwyn trio lladd eu diddordeb ynddo. Ond roedd yr hen ferched fel petaen nhw wedi penderfynu ei fod o angen rhywun i edrych ar ei ôl. Allai o mo'u hosgoi gan ei fod yn gorfod mynd drwy'r siop bob tro y byddai o'n gadael neu'n dychwelyd i'r fflat.

'Glyn!' meddai Joyce, un o'r hen wragedd, wrth i Glyn ddod yn ôl ar ôl bod am dro ar y traeth un prynhawn. Gwraig weddw ddigon addfwyn oedd hi a chanddi'r *blue rinse* mwya llachar roedd Glyn wedi'i weld erioed.

'Sut wyt ti'n setlo, 'ngwas i?'

Nodiodd Glyn, ond roedd yn ofalus i beidio â gwenu. Mi fyddai rhywun wedi meddwl, a fynta'n datŵs drosto ac yn edrych fel bownsar blin, y byddai ar bobol fel hon ei ofn o. Ond roedd Joyce yn benderfynol ei fod o angen rhywun i fod yn fam iddo ac mai hi oedd y person iawn.

'Wel, yli, mae gen i sgons i ti yn fa'ma.'

Estynnodd Joyce fag plastig o dan y cownter a'i gynnig i Glyn.

'Ffres y bore 'ma. Tydw i ddim yn licio meddwl amdanat ti'n byw ar fwyd siop.'

Suddodd calon Glyn. Oedd, roedd hi'n glên iawn, ond roedd o'n gwybod yn iawn at be fyddai hyn yn arwain. Byddai o'n teimlo bod arno ffafr iddi ac wedyn mi fyddai'n teimlo cyfrifoldeb drosti. Doedd o ddim eisiau dod i nabod neb, nac eisiau gwneud ffrindiau. Doedd o'n sicr ddim am i hen ddynes ddieithr edrych ar ei ôl o.

'Fedra i ddim,' meddai Glyn a'i lais yn gryg. Chwerthin wnaeth Joyce.

'Medri, siŵr! Mi wnes i nhw i ti!'

Daria hi. Fedrai o ddim gwrthod heb swnio'n anniolchgar neu'n ddigywilydd. Cymerodd y bag plastig, a rhoi gwên fach iddi. Gwenodd Joyce yn ôl arno, wrth ei bodd o fod wedi helpu rhywun.

'Cofia di rŵan, Glyn, gofynna os byddi di isio rhywbeth. Fedra i ddim peidio teimlo piti drostat ti, yn byw ar dy ben dy hun mewn tref lle nad wyt ti'n nabod neb.'

Diolchodd Glyn iddi, cyn ei heglu hi i fyny'r grisiau. Cael ei bitïo gan hen wraig weddw. Mae'n rhaid bod pethau'n ddrwg arno.

PENNOD 4

Doedd Glyn ddim yn ddarllenwr. Prin roedd o'n darllen pan oedd o yn yr ysgol, a doedd o'n sicr ddim wedi codi llyfr ers hynny. Ambell bapur newydd, efallai, ac unrhyw lythyron difyr, ond doedd o ddim wedi meddwl prynu llyfr erioed. Ond rŵan, roedd ganddo oriau i'w llenwi a dim teledu, a siop elusen yn llawn llyfrau rhad i lawr y grisiau.

Llyfr llawn arswyd, meddyliodd. Byddai'n mwynhau ffilmiau arswyd ac roedd 'na ddigon o'r math yna o lyfrau yn y siop. Aeth i lawr y grisiau cyn amser cau ar brynhawn Gwener a thrio osgoi gwên annwyl Joyce wrth iddo chwilio'r silffoedd llyfrau am unrhyw lyfr fyddai'n tynnu ei sylw.

Er mawr syndod iddo, cafodd Glyn gryn flas ar ddarllen cloriau'r llyfrau wrth drio dewis beth fyddai'n cynnal ei ddiddordeb. Roedd y dewis yn helaeth a doedd gan Glyn ddim profiad yn y byd o ddewis llyfrau.

Ar y silff uchaf, roedd pentwr o lyfrau henffasiwn yr olwg – cloriau caled heb lun ac arogl llwch yn codi oddi arnynt. Estynnodd Glyn amdanynt i gael gweld y teitlau.

Hen lyfrau Cymraeg oedden nhw a'r rhan fwyaf yn gyfrolau crefyddol. Dim byd at dast

Glyn. Yn eu plith, roedd un llyfr gwahanol i'r gweddill. Estynnodd Glyn ei fysedd tewion amdano.

Llyfr i blant oedd o, a thudalennau trwchus yn llawn o luniau lliwgar. Ar y clawr, roedd teitl mewn llythrennau mawr:

HUNLLEF

Ar y dudalen gyntaf, roedd rhywun wedi ysgrifennu mewn llawysgrifen daclus, henffasiwn yr enw 'Elizabeth Davies'.

Roedd o'n llyfr od ar y naw, penderfynodd Glyn wrth gymryd cip drwy'r tudalennau – dim sôn am awdur na chyhoeddwr. Doedd dim geiriau o gwbl ynddo, dim ond lluniau mawr iasoer yn llenwi'r tudalennau. Allai o ddim gweld bod y lluniau'n dilyn ei gilydd chwaith, dim ond bod cyfres o bethau dychrynllyd yn cael eu dangos: plentyn yn cio ar ôl cwympo; hen ŵr a'i ben yn ei ddwylo wrth fwrdd bwyd gwag a dynes ifanc yn syllu'n hiraethus drwy'r ffenest. Doedd Glyn ddim wedi gweld dim byd tebyg erioed.

Dewisodd nofel o'r silff, nofel drwchus â chlawr du am ryw deulu'n mynd ar goll mewn coedwig yn America. Aeth â'r llyfr lluniau od at y cownter hefyd.

'Rwyt ti'n hoffi'r hen bethau dychrynllyd yma, wyt ti?' meddai Joyce, gan bwyntio at y nofel. 'Mi faswn i'n methu cysgu ar ôl darllen y ffasiwn beth, yn bersonol yntê. A be am hwn?' Cododd y llyfr lluniau. 'Ond mi ddywedest ti nad oes gynnot ti blant?'

'I blant fy chwaer,' meddai Glyn yn frysiog, gan drio cofio a oedd Joyce yn gwybod yn barod nad oedd ganddo chwaer, chwaith.

Ond roedd hynny'n ddigon iddi hi, yn amlwg, a chymerodd ei ddarn dwybunt yn hapus.

'Paid â chael hunllefau, da ti!' chwarddodd wrth i Glyn ddringo'r grisiau, wrth ei bodd gyda'i jôc fach dila ei hun.

Roedd y fflat yn edrych fymryn yn well ar ôl dadbacio'r bocsys. A dweud y gwir, cafodd Glyn ei synnu bod y lle'n edrych yn ddigon cysurus, er bod y carped yn hen a'r ffenestri'n dal heb lenni. Treuliodd hanner diwrnod yn glanhau a thacluso'r llofft sbâr, gan roi dillad gwely glân ar y fatres. Yna agorodd y ffenest i gael gwared ar yr arogl llwydni. Llenwi ei oriau oedd o, mae'n siŵr, ac yntau heb ddim byd arall i'w wneud. Eto i gyd roedd hi'n rhyfedd, serch hynny, ei fod o wedi treulio cymaint o amser ar ystafell na fyddai prin byth yn cael ei defnyddio. Synnodd yn fwy ei fod yn gweld eisiau ei fam, er ei fod o'n tynnu am ei hanner cant oed.

'Rydw i wedi paratoi'r llofft sbâr ar eich cyfer chi,' meddai wrthi ar y ffôn. 'Mae hi'n reit gysurus.'

Wnaeth hi ddim ateb.

'Mae hi'n dawel iawn yma o gofio fod y fflat ar y brif stryd,' meddai Glyn wedyn, i lenwi'r tawelwch. 'Ac mae'r gwely'n gyfforddus iawn.' Bu saib am ychydig rhwng y ddau. 'Ydach chi'n meddwl dŵad yma i aros cyn hir, Mam?'

'Prysur ydw i ar hyn o bryd, a deud y gwir,' atebodd ei fam, a gallai Glyn glywed yn ei llais ei bod hi'n teimlo'n anghyfforddus. 'Rhwng un peth a'r llall...'

'Ond mi ddowch chi, yn dowch? Mi fyddech chi wrth eich bodd yma, wchi, ar y traeth ac yn y caffis bach...'

'Rhywbryd yn y dyfodol, mi fydda i'n dod atat ti, wrth gwrs.'

Ond roedd rhywbeth yn ei llais yn awgrymu i Glyn nad oedd ei fam am ymweld ag o. Doedd Glyn ddim yn gwybod pam bod hynny'n ei boeni cymaint. Dyn yn ei oed a'i amser fel fo. Roedd y peth yn drist.

'Mi fyddwn i wrth fy modd yn eich gweld

chi...' dechreuodd eto, ond torrodd ei fam ar ei draws.

'Mi ddwedais i wrthat ti am beidio â gadael Bangor. Mi wnes dy rybuddio di y byddet ti'n difaru symud i ganol nunlla a dyma ti rŵan yn unig, ar dy ben dy hun bach, heb neb i dy entertenio di! Dwi dros 'yn saith deg, Glyn, tydw i'm yn bwriadu dŵad i lawr i Dywyn bob dau funud i wneud yn siŵr dy fod ti'n iawn!'

Dechreuodd Glyn ymateb, ond torrodd ei fam ar ei draws. 'Y peth gora i ti ei wneud ydi rhoi'r gora i'r hen fflat 'na, anghofio am Dywyn a dŵad yn ôl i'r dre at dy ffrindia. Ma hogia'r Lion yn gweld dy isio di, dyna ddeudodd Meic pan welish i o yn Tesco y diwrnod o'r blaen...'

Y noson honno, a sŵn y radio i'w glywed yn y cefndir wrth i Glyn fwyta'i frechdan, meddyliodd am yr hyn roedd ei fam wedi'i ddweud. Atgoffodd ei hun beth roedd o wedi'i adael ym Mangor. Efallai ei bod hi'n iawn. Hogia da oedd hogia'r Lion. Mi wnaen nhw unrhyw beth dros unrhyw un. Ac roedd o wedi cael amser da efo nhw, wedi trafod popeth dan haul, wedi ffraeo ac wedi chwerthin efo pob un ohonyn nhw. Ond bellach doedd o ddim am fod yn berson fyddai'n gwario'i arian dôl yn y Lion cyn gynted ag y bydda fo yn ei boced. Doedd o ddim am weld ei hun yn hel bol cwrw gan aros mewn gobaith o weld ei fywyd yn gwella. Roedd o'n sylweddoli nad oedden nhw'n deall pam ei fod o wedi hel ei bac a symud, ar ei ben ei hun, i rywle diarth. Hwyrach nad oedd o'n deall ei hun, yn iawn. Wedi'r cyfan, doedd pobol ddim yn gwneud hynny, oedden nhw? Doedd pobol ddim jest yn newid eu bywydau yn hanner cant oed – os nad oeddan nhw am ddianc oddi wrth wraig oedd wedi'u gadael.

Llyncodd weddill ei frechdan a chodi i roi ei blât yn y sinc. Digwyddodd daro golwg drwy'r ffenest wrth estyn i ferwi'r tegell.

Oedodd wrth weld ffigwr ar y stryd oddi tano.

Edrychodd ar yr hen wraig yn eistedd ar y fainc. Roedd hi wedi'i phlygu fel marc cwestiwn a'i phen bron yn cyffwrdd â'i phengliniau.

Am ryw reswm na wyddai Glyn pam yn union, teimlodd gryndod o ofn yn crwydro i lawr ei asgwrn cefn.

Edrychodd ar ei wats. Roedd hi'n hanner awr wedi wyth. Rhy hwyr i hen wreigan fod yn eistedd y tu allan yn y tywyllwch. A ddylai o fynd ati, gwneud yn siŵr ei bod hi'n iawn? Efallai ei bod hi'n aros i rywun ddod i'w nôl hi. Ia, dyna oedd hi'n wneud, mae'n siŵr. Ceisiodd Glyn gysuro'i hun, ond roedd rhywbeth am lonyddwch yr hen wraig yn gwneud iddo deimlo'n nerfus.

Estynnodd Glyn i'r oergell am gan arall o gwrw, gan anghofio am y baned roedd o wedi bwriadu ei chael. Trodd yn ôl at y ffenest.

Roedd hi wedi mynd! Rhythodd Glyn o'r naill ochr i'r stryd i'r llall, yn chwilio am y ffigwr difywyd yn cerdded i ffwrdd yn araf, ond doedd hi ddim yno. Ac yn sicr chafodd yr un car amser i'w chodi a mynd â hi adref, felly lle yn y byd roedd hi?

Ysgydwodd Glyn ei ben, gan drio deall beth oedd newydd ddigwydd. Mae'n rhaid mai dychmygu wnaeth o. Doedd dim esboniad arall.

Ac eto, wrth i Glyn olchi'r llestri a gwrando ar y radio, arhosodd yr hen ddynes ar y fainc yng nghefn ei feddwl. Doedd o ddim y math o berson fyddai'n dychmygu pethau nad oedd yno, dim o gwbl.

Roedd angen rhywbeth i'w wneud ar Glyn.

Ar ôl chwilio yn y papur am unrhyw swydd fyddai'n addas iddo a methu dod o hyd i unrhyw un, penderfynodd Glyn y byddai'n rhaid iddo wneud rhywbeth arall i lenwi'i oriau. Y fflat. Dyna oedd yr ateb. Roedd y perchennog wedi dweud nad oedd ots ganddo petai Glyn am addurno'r lle i'w siwtio'i hun. Doedd Glyn ddim yn synnu wrth glywed hynny. Hen bapur wal patrymog o'r saithdegau oedd ar bob wal a hwnnw'n plicio yn y corneli. Byddai hynny'n ei gadw'n brysur: stripio'r papur wal, ailbapuro ac yna peintio. Pwy a ŵyr? Pe bai o'n gwneud joban ddigon da ohoni, efallai y medrai o roi hysbyseb bach yn ffenest y siop bapur – 'Painter and Decorator, Reasonable Rates'. Efallai y medrai ailadeiladu ei fywyd newydd yn Nhywyn.

Penderfynodd ddechrau yn y llofft sbâr. Fan'no roedd yr angen mwya, gan fod yno bapur wal blodeuog o liw piws tywyll, hyll. Ar ôl paned ac ambell ddarn o dost, agorodd ddrws yr ystafell i drio dyfalu faint o roliau o bapur wal fyddai eu hangen arno.

Wrthi'n mesur y wal â thâp metel roedd

Glyn pan dynnwyd ei lygaid at y gwely. Trodd yn sydyn a gadael i'r tâp ruthro'n ôl i'r bocs bach yn ei law.

Roedd rhywun wedi cysgu yn y gwely.

Roedd yn cofio'n glir iddo dacluso'r cynfasau ar y gwely ychydig ddyddiau ar ôl symud i mewn i'r fflat. Roedd yn cofio iddo sefyll yn ôl i edrych ar ei waith, yn falch ei fod o wedi bod mor daclus ac yntau heb feddwl am y ffasiwn beth cyn hynny. Gan ei fod o wedi cau'r drws, doedd neb wedi bod yn yr ystafell ers hynny. Dim tan rŵan.

Ond roedd y cynfasau wedi'u crychu i gyd, a siâp hirgrwn corff wedi'i adael ar y blancedi. Roedd un cornel wedi'i daflu yn ôl, fel petai rhywun newydd godi.

Syllodd Glyn ar y gwely gan deimlo curiad ei galon yn uchel yn ei glustiau.

Dyn rhesymol oedd Glyn wedi bod erioed. Yn wir, doedd ganddo fawr i'w ddweud wrth ysbrydion na bwystfilod, a doedd arno ddim ofn bod ar ei ben ei hun. Ac felly, cyn gynted ag y gwelodd y gwely anniben, dechreuodd wneud esgusodion yn ei ben am yr hyn roedd o'n ei weld – cath wedi dod i mewn yn y nos; wnaeth o ddim tacluso'r gwely gystal ag roedd o wedi dychmygu; mae'n rhaid ei fod wedi cerdded yn ei gwsg... Ond, ym mêr ei esgyrn, roedd Glyn yn gwybod mai gwneud esgusodion dros bethau doedd o ddim yn gallu eu deall roedd o. Roedd rhywbeth rhyfedd iawn wedi digwydd yn ei fflat y bore hwnnw.

Aeth Glyn ati i dacluso'r gwely unwaith eto, gan ofalu bod mor gymen â phosib. Ac yna, er ei fod o'n ddyn mawr a dewr, gadawodd y llofft sbâr a chau'r drws yn dynn y tu ôl iddo. Penderfynodd fynd ati i ailbapuro'r ystafell fyw yn gyntaf. Doedd o ddim am dreulio mwy o amser yn y llofft sbâr – dim ar hyn o bryd, beth bynnag.

Mae 'na rywbeth pleserus iawn am dynnu papur wal. Mwynhaodd Glyn dynnu stribedi hirion, lliwgar, yn arbennig y sŵn wrth iddo rwygo'r papur. Roedd haenau o bapur ar y wal, un ar ben y llall a phob un yn dangos ffasiwn y cyfnod. Un oren llachar a hyll oedd y diweddaraf, ac oddi tano un lliw chwd o'r saithdegau. Ond rhaid cyfadde ei fod yn hoffi'r patrwm tlws o rosod glas ar y papur o'r pumdegau. Rhwygodd Glyn y cyfan, gan ddefnyddio cyllell o'r gegin i gael gwared ar y darnau anodd a gwrando ar y radio 'run pryd. Roedd yn synnu ei fod o'n fodlon ei fyd yn gwneud hyn. Yn wir cafodd ddiwrnod hyfryd yn hel meddyliau am sut roedd o'n mynd i addurno'r fflat. Agorodd y ffenestri'n llydan gan ei bod hi'n ddiwrnod braf a'r haul yn llifo i mewn. Yn sŵn traffig y stryd fawr, mor hawdd fu anghofio am y gwely blêr yn yr ystafell sbâr y bore hwnnw.

Roedd yr haul wedi dechrau machlud erbyn iddo dynnu'r stribyn olaf o bapur oddi ar y wal a'r lle'n edrych yn noeth ac oeraidd fel cell. Cerddodd Glyn o gwmpas yr ystafell, gan graffu ar bob modfedd o'r wal i sicrhau nad oedd darn o bapur ar ôl. Yna crwydrodd i'r gegin yn fodlon iddo wneud joban dda y diwrnod hwnnw. Paratodd Glyn baned a thost, cyn agor pecyn o fisgedi yn wobr am weithio mor ddiwyd.

Edrychodd i lawr ar y stryd drwy ffenest y gegin. Doedd neb yn eistedd ar y fainc, diolch i'r drefn. Dim hen ddynes i godi ofn arno. Ysgydwodd Glyn ei ben i drio cael gwared ar yr atgof, ond methu wnaeth o. Yn hytrach, cofiodd am y llofft sbâr a daeth yr hen deimladau nerfus yn ôl unwaith eto.

I gadw'i hun yn brysur, dechreuodd drefnu'r holl bethau y byddai angen eu gwneud yfory. Byddai'n rhaid iddo brynu papur wal a phast, sicrhau ychydig o fwyd, a chael batris newydd i'r radio gan ei bod wedi dechrau gwanhau. Aeth i'r gwely'n gynnar, gan fynd â phapur y diwrnod cynt efo fo. Doedd arno ddim awydd dechrau ar y nofel arswyd, a Duw a ŵyr pam y prynodd y llyfr lluniau dychrynllyd yna o gwbl. Darllenodd Glyn y papur newydd yn y gwely, heb fawr o ddiddordeb yn y straeon diflas. Ar ôl deg munud, roedd yn teimlo'i lygaid yn drwm a syrthiodd i gysgu a'r papur yn dal ar y gwely.

Y noson honno, daeth yr hen wraig â'r llygaid mawr yn ôl i'w freuddwydion. Safai yn yr ystafell fyw yn y fflat a'i chefn ato, ei chôt lwyd yn drwm ar ei ffrâm fechan. Roedd yr ystafell yn edrych yn union fel roedd Glyn wedi'i gadael y noson honno – y waliau'n noeth, a'r hen bapur wal yn bentyrrau blêr ar y llawr. Doedd yr hen wraig ddim yn llonydd a distaw fel yn y breuddwydion a gawsai cyn hynny. Roedd hi'n symud yn gyflym, a'i gwallt tenau'n flêr. Cododd ddarnau o'r papur roedd o wedi'i dynnu oddi ar y wal a cheisio'u hailosod yn ôl arni.

Sylwodd nad oedd hi'n cyffwrdd yn y papur wal oren, dim ond yn y papur hynaf, yr un â'r rhosod glas. Methu a wnâi hi, dro ar ôl tro, ac wedi iddi eu gwasgu ar y wal, disgyn i lawr arni fel petai mewn storm o eira fyddai'r darnau o bapur. Disgynnodd y cwbwl, heblaw am un darn bach, a lwyddodd i lynu'n benderfynol wrth y wal. O'r diwedd, yn y freuddwyd, rhoddodd yr hen ddynes y gorau i drio a sefyll â'i chefn at Glyn. Sylwodd yntau ar esgyrn tenau ei fferau, gan deimlo'n swp sâl wrth iddi ddechrau troi yn araf i'w wynebu.

Roedd hi'n gandryll. Chwyrnodd arno a'i llygaid yn ymddangos yn fwy nag erioed. Sylwodd fod y smotiau glas yn fach, fach a'r gwyn o'u hamgylch yn anferth. Cymerodd gam tuag at Glyn, heb dynnu ei llygaid oddi arno. Wrth iddi agosáu ni fedrai Glyn ddianc oddi wrthi. Medrai arogli ei hen bersawr Lily of the Valley yn ogystal ag arogl blodau wedi marw... Wrth iddi ddod yn ddigon agos ato i'w gyffwrdd, deffrodd Glyn.

Eisteddodd yn ei wely, gan rwbio'r chwys oddi ar ei dalcen â chefn ei law. Roedd yr wyneb yn dal i syllu arno ac anadlodd yn ddwfn wrth i'r llygaid dychrynllyd losgi yn ei ddychymyg. A'r arogl... Mi fedrai ei harogli hi rŵan – aroglau melys, trwm. Roedd hynny'n beth newydd. Wnaeth o erioed freuddwydio am ei phersawr o'r blaen, nid yn ystod yr holl flynyddoedd y bu'n cael hunllefau amdani.

Edrychodd Glyn ar ei wats. Chwarter wedi tri. Ochneidiodd, a rhwbio'i lygaid.

Be sy'n digwydd i mi? meddyliodd wrth iddo

gerdded i'r gegin i ferwi'r tegell. Mae arna i ofn yn fy nghartref fy hun. Roedd hi'n anodd derbyn hynny, ond roedd o'n wir. Medrai deimlo rhyw densiwn yn ei gorff, roedd yn clustfeinio am synau bach ac yn craffu i'r cysgodion yn y gegin. Dim ond hunllef oedd hi, neno'r tad! Ac am y lofft sbâr a'r hen wraig ar y fainc... Wel, doedd dim arwydd bod y rheiny'n gysylltiedig â'r hen ddynes yn ei freuddwydion!

Mi fyddai criw y Lion yn meddwl ei fod o'n wirion bost.

Efallai mai cael *nervous breakdown* ydw i, meddyliodd, neu *mid-life crisis*. Roedd pobol yn dechrau dychmygu pethau ar adegau fel 'na, yn doeddan? A doedd pethau heb fod yn hawdd yn ddiweddar ac yntau wedi colli'i waith, ei wraig a'i gartra o fewn ychydig flynyddoedd. Na, roedd o'n hollol naturiol ei fod o'n dechrau teimlo'n nerfus – angen setlo yn y lle newydd oedd o, dyna i gyd.

Cariodd Glyn ei baned i mewn i'r ystafell fyw, a tharo'r switsh i droi'r golau ymlaen. Sipiodd ei de poeth wrth iddo edrych ar y waliau noeth, gan ddychmygu'r holl waith oedd i'w wneud drannoeth. Yn sydyn, tagodd ar ei baned wrth weld rhywbeth ar y wal.

Un darn bach o bapur a rhosod glas drosto,

yn glynu'n benderfynol at y wal. Syllodd Glyn arno'n gegagored, a byddai wedi taeru ei fod wedi clywed arogl Lily of the Valley yn ei ystafell fyw.

PENNOD 6

Lwyddodd Glyn ddim i gysgu'n dda iawn y noson honno wedyn. Arhosodd yn effro yn ei wely, yn gwrando ar y radio gan gadw'r goleuadau ynghyn. Bob tro y byddai'n clywed unrhyw sŵn bach roedd ei galon yn rasio, ac ni fedrai resymu â fo'i hun hyd yn oed, bellach. Roedd hi'n amlwg bod rhywbeth rhyfedd iawn yn y fflat yma, a doedd dim posib iddo fo'i esbonio.

Wrth i'r wawr dorri dechreuodd Glyn deimlo'n fwy cysurus, yn arbennig wrth glywed y sŵn a ddaeth yn ei sgil. Medrai glywed y ceir yn gwibio heibio ar y ffordd a'r siopwyr yn gweiddi cyfarchion a rhegfeydd ar ei gilydd dros y stryd. Llwyddodd i gysgu am awr fach cyn brecwast, a theimlo'n llawer gwell ar ôl hynny. Roedd golau dydd yn rhoi cymaint o gysur iddo, wrth gael gwared ar yr holl gysgodion roedd y nos wedi'u creu.

Wrth iddo daro tafell o fara yn y tostiwr, canodd ei ffôn fach, a fflachiodd rhif ei fam.

'Haia, Mam.'

'Sut wyt ti, Glyn?'

Doedd y ddau heb siarad ers i'w fam annog Glyn i ddod yn ôl i Fangor i fyw. A dweud y

31

gwir, roedd Glyn wedi'i frifo gan ei bod hi'n meddwl nad oedd o'n ddigon o ddyn i fedru dechrau o'r dechrau eto yn rhywle arall. Mi wnaeth ei hagwedd hi o'n fwy penderfynol byth i aros yn Nhywyn. Roedd yn benderfynol y byddai'n foi gwahanol i'r dyn a wastraffai ei bres dôl yn y Lion ym Mangor. Mi fyddai hi'n falch ohono yn y diwedd. Ond a fyddai ei wraig?

'Iawn, diolch. Sut ydach chi?'

'Go lew, wsti. Mae'r hen grydcymalau yma'n pigo braidd, ond dwi'n iawn. Wyt ti'n cadw'n brysur? Sut mae'r fflat newydd?'

'Dwi'n mynd i ddeceretio, Mam. Gosod papur wal a pheintio'r sgyrtins a phob dim.'

'Chdi?' gofynnodd ei fam yn llawn syndod.

Beryg mai meddwl am ei fflat fach ym Mangor oedd hi. Twll o le ac yntau byth yn teimlo'r awydd yno i godi hwfyr, heb sôn am bapuro wal.

'Ia, er mi faswn i'n gallu gwneud efo'ch barn chi ar liwiau a ballu. Dwn i ddim pa liwia sy'n mynd efo'i gilydd na be sy'n ffasiynol.'

Bu saib am ychydig. 'Ti'n mynd i aros yna, yn dwyt?' gofynnodd ei fam yn dawel.

'Yndw,' atebodd Glyn yn gadarn. 'Mi wn i eich bod chi am i mi ddŵad yn f'ôl, Mam, ond mae'n rhaid i mi drio newid cyn...'

Sylwodd ar y mwg yn codi o'r tostiwr, a rhegodd wrth estyn am y switsh trydan. Neidiodd y tost o'r peiriant yn ddu bitsh ac yn drewi.

'Wyt ti'n iawn?' holodd ei fam mewn braw.

'Wedi llosgi'r tost,' atebodd Glyn gan ddiawlio'n dawel. Aeth ati i agor holl ffenestri'r fflat, y gegin yn gyntaf, yna ei lofft ei hun, yr ystafell fyw, ac yna'r ystafell sbâr...

Safodd Glyn yn y drws yn syllu ar y gwely, ei ffôn yn dal wrth ei glust.

Roedd rhywun wedi cysgu yn y gwely eto.

Ysgydwodd Glyn ei ben. Caeodd ei lygaid cyn eu hailagor, gan obeithio y byddai pethau wedi newid. Ond na. Dyma'r union wely roedd wedi'i dacluso y diwrnod cynt. Roedd y cynfasau wedi'u crychu a siâp pen rhywun ar y gobennydd.

'Wyt ti dal yna?' gofynnodd ei fam, ond yn sydyn iawn roedd hi'n swnio'n bell, bell.

'Ydach chi'n coelio mewn ysbrydion, Mam?'

Clywodd Glyn ei lais yn teimlo'n gryg.

'Ysbrydion?' gofynnodd ei fam mewn braw. 'Pam wyt ti'n...'

'Mae 'na bethau rhyfedd yn digwydd yma,' torrodd Glyn ar ei thraws, gan deimlo chwys yr ofn yn hel ar ei dalcen. 'Mae 'na rywbeth yma, Mam, a sgin i ddim syniad be ydi o.'

Camodd allan o'r ystafell a chau'r drws yn glep. Doedd o ddim am dacluso'r gwely unwaith eto, rhag cael ei ddychryn unwaith yn rhagor fory.

'Be sy wedi digwydd? Mae'n rhaid bod 'na ryw esboniad!' mynnodd ei fam dros y ffôn. Ond roedd rhyw fin yn ei llais yn awgrymu i Glyn ei bod hi hefyd yn teimlo'n ofnus.

'Dwi ddim am roi'r holl fanylion i chi, Mam, rhag ofn i mi eich dychryn chi. 'Blaw... Wel, ydach chi'n cofio'r hunllefau 'na ro'n i'n eu cael pan o'n i'n fach? Y rhai am yr hen wraig efo'r llygaid mawr?'

'O, Glyn...'

'Dwi wedi cael dwy hunllef ers i mi gyrraedd yma. Ac wedyn, bore 'ma, roedd yr hyn oedd hi'n wneud yn y freuddwyd... Mi ddaeth o'n wir.'

Safodd yn nrws yr ystafell fyw yn syllu ar y darn o bapur wal rhosod oedd wedi'i wasgu 'nôl ar y wal. Crynodd ei holl gorff wrth gofio am wyneb milain yr hen wraig yn ei hunllef.

'Dychmygu pethau wyt ti...' dechreuodd ei fam a'i llais yn grynedig.

'Naci,' mynnodd Glyn, ond doedd fawr o bwynt dadlau am y peth. Doedd o'n gweld dim bai ar ei fam am beidio â'i goelio... Oni bai ei fod yn ei chanol hi, fyddai ynta ddim yn coelio'r ffasiwn stori.

'Dwi'n poeni amdanat ti, yn gweld pethau, yn treulio gormod o amser ar dy ben dy hun.'

Medrai Glyn ddychmygu wyneb poenus ei fam, ei thalcen yn crychu wrth iddi ystyried y sefyllfa.

'Tyrd adra ata i am ychydig...'

Ochneidiodd Glyn. Doedd o ddim am gael yr un sgwrs eto.

'Mae'n rhaid i mi fynd, Mam. Dwi angen prynu papur wal a ballu. Mi ffonia i cyn bo hir, iawn?'

A chyn i'w fam gael cyfle i ymateb pwysodd Glyn y botwm coch i orffen yr alwad.

PENNOD 7

CHWARAE TEG, MEDDYLIODD GLYN wrth gymryd cam yn ôl i edrych ar yr ystafell fyw ar ei newydd wedd. Roedd y lle'n edrych yn hollol wahanol rŵan. Diolch byth bod yr hogan ifanc yn y siop wedi awgrymu y byddai'n well iddo fo ddewis y papur wal lliw hufen yn lle'r un gwyrdd roedd o'n ei ystyried. Roedd y lle'n edrych gymaint yn fwy wrth osod papur lliw golau ar y wal. Wedi rhoi côt o baent ar y to ac ambell lun ar y waliau, mi fyddai'r stafell yn edrych yn well o lawer. Gwenodd Glyn wrtho'i hun, yn falch o fod wedi treulio'i ddiwrnod yn gwneud rhywbeth gwerth chweil.

Cododd ryw arogl hyfryd o'r stryd ac wrth gymryd cip drwy'r ffenest, gwelodd Glyn fod criw o hogiau ifanc yn cerdded y stryd yn bwyta bagiad o tjips. Wrth glywed yr oglau cododd awydd ar Glyn i gael pryd o fwyd. Roedd o wedi bod yn byw ar dost a bîns y dyddiau diwetha 'ma. Penderfynodd ei fod o'n haeddu tjips ar ôl ei waith caled. Gwisgodd ei siaced ledr a cherdded i lawr y grisiau.

Roedd Joyce yn y siop yn cyfri'r pres ar ôl cau am y dydd. Gwenodd Glyn arni gan ei fod yn teimlo mor dda ar ôl gorffen y papuro.

'Allan am dro?' gofynnodd Joyce iddo gan wenu.

'Am nôl bag o tjips,' meddai. 'Wedi bod yn papuro'r fflat 'cw. Dwi'n meddwl mod i'n haeddu *treat* bach.'

'Neis iawn.'

Gwenodd Joyce eto, ond roedd golwg braidd yn drist ar ei hwyneb hefyd. Efallai mai meddwl am ei swper ei hun roedd hi. Pryd bach i un i'w fwyta o flaen y teledu a chadair ei diweddar ŵr yn wag wrth ei hymyl. Bu bron i Glyn fentro gofyn iddi ymuno ag o, ond wnaeth o ddim. Doedd arno fo ddim eisiau cwmni.

'Mi anghofiais ddiolch i chi am y sgons,' meddai Glyn wedyn, wrth nesáu at y drws. 'Roedden nhw'n flasus iawn.'

Daeth y wên yn ôl i wyneb Joyce, ac roedd Glyn yn teimlo'n well iddo allu codi'i chalon.

'Rysáit Mam,' atebodd hithau'n llon. 'Mwynha dy swper!'

Roedd hi'n noson braf yn Nhywyn a'r strydoedd yn llawn o bobol er bod y siopau wedi cau ers bron i awr. Penderfynodd Glyn gerdded i lan y môr i brynu ei tjips yn fan'no – rhyw gwta filltir o daith oedd hi a'r ffordd yn syth yr holl ffordd. Roedd yn mwynhau mynd am dro, ac am y tro cyntaf, teimlodd y byddai'n bosib iddo fod yn hapus yn Nhywyn. Tref fach gysglyd, dawel oedd hi ac roedd hynny'n siwtio Glyn ar ôl byw mewn tref brysur fel Bangor ers pan oedd o'n fachgen bach. Yn ystod y blynyddoedd diwetha, fyddai o ddim yn mynd am dro ym Mangor – 'mond yn cerdded o'r fflat i'r siop ac i'r pyb, a baglu 'nôl ar ôl cael gormod o gwrw. Doedd o ddim wedi bod yn yr un dafarn ers iddo gyrraedd Tywyn, er iddo yfed ambell gan gyda'r nos yn y fflat.

Wrth gerdded tuag at y traeth, cofiodd Glyn am yr holl adegau hynny pan fyddai Caroline yn mynd am dro ar ôl gorffen shifft deg awr yn yr orsaf betrol. Byddai'n lapio'i siaced denim o gwmpas ei chorff bach main ac yn gofyn, 'Tisio dod?' Gwrthod fyddai Glyn bob tro, ac yntau am weld rhyw raglen ar y teledu neu am fynd am beint oer i'r Lion at yr hogia. Tybed a oedd hi'n teimlo'n unig yn cerdded ar ei phen ei hun? Tybed oedd ei chariad newydd yn mynd efo hi am dro rŵan?

Beth fyddai hi'n ei feddwl wrth ei weld o rŵan yn gwneud y gwaith tŷ, yn mynd am dro, yn cadw 'mhell o'r dafarn ac yn papuro'r fflat? Fyddai hi'n teimlo'n flin am nad oedd o fel 'na efo hi? Neu a fyddai rhyw lygedyn o obaith yn deffro ynddi y gallen nhw fynd 'nôl at ei gilydd ryw ddydd?

Wrth aros am ei tjips yn y siop ar y traeth,

ceisiodd Glyn gael gwared ar wyneb caredig
Caroline o'i feddwl. Dcedd hi ddim yn perthyn
i'r bywyd newydd hwn. Bycdai'n rhaid iddo
anghofio amdani.

Eisteddodd Glyn ar un o'r meinciau ar y
prom a bwyta'i swper yn awchus. Rŵan ac yn
y man byddai'n stopio i chwifio'i ddwylo er
mwyn dychryn y gwylanod Roedd y tjips yn
dda, a gorffennodd Glyn y cyfan mewn dim
o dro cyn eistedd yn ôl ar y fainc, ei fol yn
llawn.

Gwyliodd y bobol yn cerdded ar hyd y prom
– pobol o bob oed yn cerdded eu cŵn neu'n
sgwrsio â ffrindiau wrth fwynhau awel glan y
môr. Ni fyddai neb yn cymeryd fawr o sylw
ohono ac roedd hynny'n plesio Glyn.

Gwyliodd ddynes ifanc yn dod tuag ato, a
merch fach yn gafael yn ei llaw. Merch fach
tua dwy flwydd oed yn cymryd camau bach,
pendant ar hyd y prom. Doedd gan Glyn fawr
ddim i'w ddweud wrth blant. Roedden nhw'n
gwneud iddo deimlo'n chwithig braidd, a
doedd o byth yn gwybod be i'w ddweud
wrthyn nhw. Ond roedd yr eneth fach hon
yn anhygoel o dlws, a chanddi lygaid mawr
brown a gwallt tywyll yn donnau o gwmpas
ei chlustiau. Edrychai ei mam yn flinedig,
ond roedd hi'n gwylio'r eneth fach â'i llygaid

yn addfwyn, er mor araf roedd hi'n cerdded. Gwyliodd Glyn y ddwy wrth iddynt nesáu.

Wrth iddyn nhw basio mainc Glyn, edrychodd y fechan i fyny ato. Gwenodd Glyn am ychydig, ond daeth rhywbeth dieithr i lygaid yr hogan fach, a diflannodd pob tlysni o'i hwyneb.

Roedd golwg ddychrynllyd arni. Agorodd yr eneth fach ei cheg, a dweud mewn llais cras, main, 'Mae Elizabeth yn flin efo chi.'

Teimlodd Glyn oerni'n golchi dros ei stumog. Prin ei bod hi'n edrych fel plentyn o gwbl bellach a doedd ei llais yn sicr ddim yn swnio fel llais plentyn bach.

'Be?' gofynnodd, gan hanner sibrwd.

Edrychodd mam y ferch arno'n syn. Pan edrychodd Glyn yn ôl i lawr ar y fechan, roedd hi'n edrych fel plentyn bach unwaith eto, yn dlws ac yn ddiniwed.

'What?' gofynnodd y fam.

'Mi ddeudodd hi...'

'We don't speak Welsh.'

Edrychodd ar Glyn fel tasa hi'n meddwl ei fod o'n colli arni.

'But she just said... in Welsh... something about Elizabeth...'

Baglodd dros ei eiriau, wedi dychryn am ei fywyd.

'No, she didn't. She doesn't really speak, and definitely not Welsh. And we don't know anyone called Elizabeth.'

Cododd y ddynes ei merch i'w breichiau a brysio oddi yno.

'Wait!' galwodd Glyn ar ei hôl.

'Leave us alone! Weirdo...' gwaeddodd y fam dros ei hysgwydd, a medrai Glyn weld ei fod o wedi'i dychryn hi.

Eisteddodd yn ôl ar y fainc, gan orffwys ei ben ar ei ddwylo. Roedd wyneb y ferch fach wedi newid mor sydyn! A doedd y fam yn amlwg ddim wedi clywed gair. Ai Glyn oedd yn dychmygu iddi ddweud rhywbeth, felly? Beth bynnag, sut roedd hi'n bosib i ferch fach mor ifanc ddweud brawddeg mewn iaith nad oedd hi ddim yn ei deall?

'Mae Elizabeth yn flin efo chi.'

Be oedd hynny'n ei olygu, beth bynnag? Doedd Glyn ddim yn nabod unrhyw Elizabeth a doedd o'n sicr ddim wedi gwneud unrhyw beth i wylltio neb o'r enw yna'n ddiweddar.

Ac eto...

Dechreuodd rhywbeth grafu yn ei gof... Yr enw Elizabeth, wedi'i sgwennu mewn llawysgrifen henffasiwn y tu mewn i lyfr. Y llyfr lluniau od yna a brynodd o yn y siop i lawr y grisiau.

Roedd yn gwybod be roedd yn rhaid iddo'i wneud. Mynd yn ôl i'r fflat ac edrych yn iawn ar y llyfr bach rhyfedd yna.

Ond dim eto. Doedd gan Glyn ddim awydd mynd yn ôl i'r hen fflat yna, at y llofft sbâr a'r gwely blêr, lle byddai'r hunllefau'n mynnu dod yn ôl ato. Er mawr gywilydd, roedd arno ofn.

Ac felly, yn lle dilyn y ffordd syth am adref, cerddodd Glyn ar hyd y prom, yn syth i'r dafarn agosaf, a dyna lle bu o am rai oriau, yn ceisio magu plwc.

PENNOD 8

ROEDD HI WEDI UN ar ddeg o'r gloch ar Glyn yn cyrraedd adref ac roedd o'n llawn cwrw. Nid ei fod o wedi meddwi, chwaith – dim ond ei fod o'n teimlo rhyw ddewrder newydd yn ei stumog wrth iddo chwilio am ei oriad, cyn cerdded drwy'r siop ac i fyny'r grisiau cul.

Roedd hi fel bol buwch yn y fflat, a phopeth yn llonydd. Trawodd y golau mlaen yn yr ystafell fyw ac edmygu'r papur wal lliw hufen unwaith eto. Ar ôl paratoi paned sydyn, aeth â hi drwodd i'r ystafell wely, ac estyn y llyfr lluniau roedd wedi'i brynu yn y siop elusen. Eisteddodd ar y gwely ac agor y llyfr.

'Elizabeth Davies' – roedd yr enw yno'n glir, wedi'i ysgrifennu mewn inc go iawn. Doedd yno ddim byd i ddweud mai hon oedd yr Elizabeth roedd y ferch fach wedi sôn amdani, wrth gwrs. Wedi'r cwbwl roedd o'n enw digon cyffredin.

Edrychodd Glyn ar y tudalennau eraill, gan syllu ar bob llun yn ei dro. Ai'r cwrw neu'r cysgodion yn y fflat oedd yn gyfrifol, ond roedd y darluniau'n edrych hyd yn oed yn fwy dychrynllyd ac aflan na chynt. Pwy fyddai'n ysgrifennu'r ffasiwn lyfr? Pwy fyddai'n ei brynu o?

Mi wnest ti ei brynu fo, meddai llais bach yn ei ben, gan wneud i Glyn deimlo'n rhyfedd yn sydyn.

Roedd pob llun yn ei dro yn dangos sefyllfa drist – gwahanol fathau o hunllefau, mae'n siŵr, yn ôl teitl y llyfr. Rhywun wedi cwympo; tŷ ar dân, a chi bach sâl yr olwg. A'r cyfan wedi'i ddarlunio'n grefftus ac wedi'i addurno mewn lliwiau tywyll. Trodd Glyn at dudalen arall a gweiddi wrth weld beth oedd ynddi. Neidiodd oddi ar y gwely, a'i ben yn troi. Doedd y peth ddim yn bosib. Fedrai hyn ddim bod yn wir.

Edrychodd unwaith eto ar y dudalen, a tharo'i law dros ei geg mewn braw.

Llun yr ystafell sbâr! Doedd dim dwywaith amdani! Roedd y papur wal yr un fath, y celfi yn yr un lle, a'r cynfasau ar y gwely wedi'u styrbio, yr un fath ag roedden nhw ychydig ddyddiau yn ôl.

Ysgydwodd Glyn ei ben. Roedd y llyfr yma'n hen. Doedd hi ddim yn bosib bod rhywun wedi dod i mewn i'r fflat, wedi creu'r llun er mwyn trio'i ddychryn o, nac oedd? Ceisiodd chwilio am esboniad, ond doedd dim un ar gael.

Gyda llaw grynedig, estynnodd Glyn i droi'r dudalen, a rhegodd yn uchel wrth weld y darlun.

Ei ystafell wely o, y tro yma! Yr union ystafell

roedd o ynddi rŵan, a phob dim yn union fel yr oedd ar hyn o bryd – yr un cloc larwm hyd yn oed ar y bwrdd bach a'r un crys-T ar gefn y gadair yn y gornel. Roedd figwr yn cysgu yn y gwely – dyn canol oed a'i ben wedi'i eillio. Roedd patrwm Celtaidd du yn amlwg ar ei fraich.

Torchodd Glyn ei lawes a syllu ar y tatŵ Celtaidd ar ei fraich.

Fo oedd o, yn y llun felly. Fo, yn cysgu'n dawel yn ei wely.

Yn y llun roedd rhywun yn sefyll yn y drws, a siâp rhywun yn gysgod yn erbyn y golau a ddôi i mewn o'r landin. Doedd dim posib gweld manylion y person gan ei fod yn y cysgodion, ond byddai Glyn wedi adnabod y siâp yn unrhyw le. Wedi'r cyfan, roedd yr hen wraig wedi bod yn llenwi ei hunllefau ers pan oedd o'n blentyn.

Caeodd Glyn y llyfr yn glep. Doedd o ddim am weld mwy. Doedd o ddim am gyffwrdd yn y llyfr yna byth eto. A doedd o'n sicr ddim am aros yn yr ystafell wely hon, na chysgu yn y gwely hwn. Yma byddai'n dychmygu rhywun afiach, aflan yn ei wylio fo o'r drws wrth iddo freuddwydio.

Rhuthrodd Glyn i'r ystafell fyw, gan gau drws yr ystafell wely y tu ôl iddo. Doedd o ddim yn gwybod beth i'w wneud. Petai ganddo gar, mi fyddai wedi cysgu ynddo, a phetai ganddo arian, mi fyddai wedi talu am wely mewn gwesty. Argol fawr, mi fyddai o wedi mynd ar ofyn Joyce petai ganddo syniad ble roedd hi'n byw. Ond doedd o ddim yn gwybod, felly doedd ganddo ddim dewis arall ond aros yma tan y bore. Efallai y medrai o ffonio'i fam yr adeg hynny. Neidio ar fws yn ôl i Fangor, cael llonydd a thawelwch i feddwl am bob dim oedd wedi digwydd iddo ers y symud.

Wrth iddo eistedd ar y soffa sylweddolodd Glyn fod rhywbeth yn digwydd, rhywbeth na fedrai ei osgoi rhagor. Roedd gweld y gwely yn yr ystafell sbâr wedi cael ei styrbio, wedi bod yn brofiad ofnadwy ac roedd yr hunllefau yn arswydus. Eto i gyd, roedd Glyn wedi gallu gwneud esgusodion dros y pethau hyn. Ond y ferch fach ar y traeth? Y llyfr a'r lluniau tywyll? Roedd y rhain yn bethau na fedrai eu hanwybyddu rhagor. Plentyn bach aflan yn siarad efo fo gan ddefnyddio llais gwrach, a hen lyfrau llychlyd yn dangos ei fywyd fel hunllef. Fedrai o ddim byw fel hyn.

Roedd rhywun, neu rywbeth, yn ei erlid.

Eisteddodd Glyn yn syth ar y soffa, gan drio cynllunio ar gyfer yfory. Roedd am geisio cael gwared ar yr ofn wrth i hwnnw gasglu yn ei stumog. Fyddai o ddim yn cysgu bellach heno. Na, fedrai o ddim wynebu gweld yr hen wraig a'i llygaid mawrion yn ei hunllefau unwaith eto. Ond wedi i brysurdeb y bore ddod, penderfynodd Glyn y byddai'n mynd i'r eglwys i lawr y ffordd, a chwilio am y ficer. Rhaid iddo fod yn ofalus rhag swnio'n hanner call wrth esbonio'r stori iddo, ond doedd ganddo ddim dewis. Ai dyna fyddai pobol yn ei wneud pan fyddai pethau fel hyn yn digwydd? Mynd at y ficer? Ia, dyna fo. Mi fyddai mymryn o ddŵr sanctaidd a gweddi fach yn siŵr o wella'r sefyllfa.

Penderfynodd y byddai'n cael gwared ar y llyfr yma, ar ôl ei ddangos i'r ficer. Yna byddai'n rhoi caniad i'r landlord i weld a fyddai hi'n bosib iddo gael ei ryddhau o'r cytundeb ar y fflat yn fuan. Roedd o wedi arwyddo am chwe mis, ond fedrai o ddim diodde chwe diwrnod arall yma os na fyddai pethau'n gwella...

Eisteddodd Glyn am oriau, yn mynd dros bethau yn ei feddwl. Nid y darlun o'r hen wraig yn ei hunllefau oedd yr unig beth a ddaeth yn glir iddo, er iddo feddwl a meddwl amdani hi. Meddyliodd am ei fam yn ei chartref bach ym Mangor ac am Caroline yn cysgu'n drwm ym mreichiau dyn arall. Meddyliodd hefyd mor rhyfedd oedd hi nad oedd o'n cofio dim am dref Tywyn o gwbl, ac yntau wedi byw yma am bum mlynedd. Doedd ei fam ddim wedi sôn wrtho ble roedden nhw'n byw bryd hynny, a doedd Glyn ddim wedi meddwl gofyn.

Er mor benderfynol oedd Glyn i beidio â chysgu, ac er mor erchyll oedd y llyfr a'i luniau dychrynllyd, gwnaeth y chwe pheint roedd wedi'u hyfed yn y dafarn yn gynharach ei lygaid yn drwm. Ar ôl dwy baned o goffi wedyn a thair awr ar y soffa, syrthiodd i drwmgwsg ar y clustogau meddal.

Cysgodd yn ddi-freuddwyd am rai oriau, a gwnaeth y cwrw iddo chwyrnu'n uchel. Ond pan oedd y nos ar ei duaf y tu allan, daeth yr hen wraig yn rhan o gwsg Glyn, gan droi ei freuddwydion yn hunllef unwaith eto.

Doedd hi ddim yn y fflat y tro yma. Na, y tu allan roedd hi a hithau'n dywyll, dywyll. Mae hi mewn gardd, meddyliodd Glyn, ond ar ôl gweld y cerrig yn codi fel dannedd cam o'i chwmpas, sylweddolodd ei bod hi mewn mynwent. Na, nid unrhyw fynwent bell, anghyfarwydd chwaith, ond mynwent yr eglwys, ym mhen arall y stryd i fflat Glyn.

Roedd hi wedi plygu dros un o'r beddau, yn gwthio'i bysedd i mewn i'r pridd ac yn ei daflu o'r neilltu fel petai'n chwilio am rywbeth. Yng ngolau oren y stryd roedd ei gwallt blêr yn disgleirio, a'r gôt lwyd yn hengian oddi ar ei ffrâm denau. Palodd a phalodd yn y bedd gan ddefnyddio'i bysedd main i greu twll mawr a'r pridd yn drwch o gwmpas ei thraed. Yna, yn sydyn stopiodd, a sefyl yn stond ynghanol y bedd, ei thraed main yn ei theits brown yn ddwfn yn y pridd.

Yn bwyllog, trodd yr hen wraig, gan fflachio'i llygaid mawr erchyll, a'i gwefusau main yn gwenu'n afiach. Camodd o'r bedd a dechrau cerdded yn herciog fel madfall am y giât. Gwichiodd honno wrth gael ei hagor, a throdd y ffigwr a cherdded ar hyd y stryd ar ganol y ffordd. Doedd dim sŵn traffig yn unman.

Roedd hi'n dod i gyfeiriad y fflat.

Er ei bod hi wedi'i phlygu, yn hen ac yn fusgrell, cyrhaeddodd yr hen wraig y siop elusen yn gyflym a stopio am ennyd. Cododd ei phen i edrych ar ffenestri'r llawr uchaf, a chulhaodd ei llygaid yn smotiau bychain bach wrth i'w hwyneb afiach ddechrau crychu mewn casineb.

Rhoddodd ei llaw esgyrnog ar fwlyn y drws. Doedd o ddim wedi'i gloi a chamodd i mewn i dywyllwch y siop.

Cerddodd drwyddi, ei llygaid wedi'u hoelio'n dynn ar y grisiau. Fflachiodd ei chysgod yn afiach yn nrych yr ystafell newid wrth iddi fynd heibio.

Camodd yn araf i fyny'r grisiau. Un ar y tro, a'i llaw yn gafael yn y canllaw.

Wedi cyrraedd y landin, trodd yn syth tuag at yr unig ddrws oedd ar agor – yr ystafell fyw.

Ar y soffa yn chwyrnu'n ysgafn erbyn hyn roedd Glyn. Wrth ei draed roedd mỳg gwag ac arogl cwrw ar ei wynt.

Yn boenus o bwyllog, camodd yr hen wraig ato, gan adael ôl traed yn llawn pridd o'r fynwent ar y carped melyn. Roedd ei llygaid yn fflachio wrth iddi agosáu ato, a phlygu drosto a'i hwyneb aflan fodfeddi o'i wyneb. Roedd ei hanadl yn boeth ar ei foch. Estynnodd law grychiog ac esgyrnog at ei wyneb...

DEFFRODD GLYN YN DISGWYL ei gweld hi yno. Ond doedd neb yno.

Roedd hi'n fore, a sŵn ceir ar y stryd islaw.

Caeodd ei lygaid eto ac ochneidio sawl tro. Dim ond hunllef oedd hi. Dim ond hunllef. Mi gâi o fynd at y ficer rŵan, i sortio'r holl fusnes rhyfedd yma. Byddai popeth yn iawn wedyn... Mi gâi o anghofio am bopeth od oedd wedi digwydd iddo. Câi fyw ei fywyd fel petai'r llyfr od ddim yn bod, na'r cynfasau yn yr ystafell sbâr wedi'u defnyddio. Câi anghofio iddo gyfarfod â'r hogan fach ar y traeth...

Cododd ar ei draed ac estyn ei gorff rhyw fymryn i ystwytho. Plygodd i nôl ei fŷg oddi ar y llawr, a thrawodd ei lygaid ar rywbeth rhyfedd ar y carped. Olion traed.

Cyfres ohonyn nhw'n arwain o'r drws at yr union fan lle roedd o'n cysgu ychydig funudau ynghynt. Roedd rhywun wedi sefyll yno, wedi bod yn ei wylio fo'n cysgu.

Roedd Hi wedi bod yno go iawn.

Rhuthrodd Glyn allan drwy'r drws, a chamu dros y staeniau pridd. Gan estyn am ei siaced oddi ar ganllaw'r grisiau, rhedodd i lawr y grisiau a'i galon yn curo'n wyllt. Roedd yn rhaid iddo weld y ficer rŵan, cyn brecwast. Rhaid iddo siarad efo rhywun am hyn, i wneud yn siŵr nad oedd yn mynd yn wallgof.

Wrthi'n dadbacio bagiau mawr duon o ddillad ail-law roedd Joyce yn y siop. Gwenodd ar Glyn tan iddi weld yr olwg llawn braw ar ei wyneb.

'Wyt ti'n iawn, Glyn?' gofynnodd yn ansicr.

'Pwy oedd yn byw yn y fflat o 'mlaen i?' gofynnodd.

Syllodd Joyce arno mewn penbleth. 'Be?'

'Cyn fi! Pwy oedd yn byw yn y fflat yna?'

Ysgydwodd Joyce ei phen. 'Rhyw gwpwl ifanc. Pobol glên, dawel... Mi fuon nhw yma am, wyth... deg mlynedd, mae'n siŵr.'

Ochneidiodd Glyn. Dim cliwiau yn fan'no, felly.

'Wnaethon nhw sôn am unrhyw beth od yn digwydd yn y fflat?'

Edrychodd Joyce i fyw llygaid Glyn fel petai hi'n trio gwneud synnwyr o'i eiriau annisgwyl.

'Pa fath o beth?'

Ysgydwodd Glyn ei ben. 'Tydach chi ddim isio gwybod, coeliwch chi fi.'

Bu saib am ychydig, cyn i Joyce siarad unwaith eto.

'Mae'n ddrwg gen i, Glyn, fedra i mo dy helpu di.'

Trodd Glyn ar ei sawdl a gadael y siop heb ffarwelio. Roedd o wedi gobeithio clywed nad oedd unrhyw denant wedi medru byw yn y fflat am gyfnod hir. Roedd am glywed bod digwyddiadau rhyfedd wedi gyrru pawb o'r fflat yn reit sydyn. Ond roedd hi'n ymddangos nad oedd dim wedi poeni'r bobol a fu'n byw yn y fflat cyn iddo fo ddod yno.

Efallai, meddyliodd Glyn, nad y fflat oedd y broblem. Efallai mai fo oedd wedi denu'r holl bethau erchyll oedd wedi digwydd iddo.

Wrth brysuro i lawr y stryd i gyfeiriad yr eglwys, trodd y syniad hwnnw yn ei ben. Doedd yr hunllefau am yr hen wraig ddim yn rhywbeth newydd, wedi'r cyfan. Roedd y profiadau hynny wedi'i ddilyn ers pan oedd o'n blentyn bach. Ac er bod y fflat wedi bod yn ganolbwynt i'r digwyddiadau od ers iddo gyrraedd Tywyn, doedd yr hogan fach a welsai ar y traeth ddim wedi bod yn agos at y fflat, nac oedd?

Efallai mai fo oedd y broblem? Efallai mai ei ddilyn o roedd yr hen ddynes erchyll ac y byddai'n ei ddilyn o i ble bynnag byddai o'n mynd.

Roedd meddwl am hynny'n ddigon i wneud

i'w ben droi, a phwysodd am eiliad ar wal y fynwent i ddod ato'i hun. Roedd y cyfuniad o ormod o gwrw neithiwr, dim digon o gwsg ac ofn yn codi cur pen arno. Anadlodd yn ddwfn am ychydig cyn gwthio giât y fynwent ar agor. Gwichiodd honno'n ysgafn.

Roedd yr eglwys ar glo.

Edrychodd Glyn ar ei wats. Deg munud i naw. Petai o'n aros am ryw ddeg munud, mi fyddai'r ficer yn siŵr o ddod i agor yr eglwys. Eto i gyd, wyddai o ddim a oedd eglwysi'n cadw'r un oriau â siopau, chwaith. Fuodd o erioed yn ddyn crefyddol. Gwnaeth addewid iddo'i hun yn y fan a'r lle y byddai'n gweddïo i ddiolch i Dduw bob nos pe bai'r ficer yn gallu rhoi stop ar hyn i gyd.

Eisteddodd Glyn ar y fainc y tu allan i'r eglwys i aros am y ficer. Doedd ganddo fawr o ddewis. Doedd o ddim am fynd yn ôl i'r fflat ar ei ben ei hun, felly waeth iddo aros yma.

Wrth edrych o'i gwmpas, meddyliodd am yr hunllef a gawsai'r noson cynt. Meddyliodd am ddwylo main yr hen wraig, am y mwd a'r pridd o dan ei hewinedd. Meddyliodd am ei thraed esgyrnog, a'r ffordd roedd ei llygaid afiach yn syllu arno'n llawn gwenwyn.

Tybed be oedd hi'n ei wneud wrth y bedd? Pam buodd wrthi'n palu?

Wrth gofio'i hunllef roedd Glyn yn gwybod yn iawn lle roedd y bedd. Petai o'n cerdded i fyny'r llwybr bach oedd yn arwain at ochr arall yr eglwys...

Na, ysgydwodd ei ben i drio cael gwared ar y syniad. Aros am y ficer fyddai orau. Peidio â gwneud dim byd ar ei ben ei hun, o hyn ymlaen.

Ac eto...

Fyddai o'n gwneud dim drwg i gael golwg ar y lle, yn na fyddai? Gweld a oedd y bedd yn cynnig unrhyw gliwiau. Efallai y byddai mwy o wybodaeth yn help i'r ficer gael gwared ar beth bynnag oedd yn achosi'r holl stŵr yma.

Cododd Glyn ar ei draed a dechrau cerdded ar hyd y llwybr bach, a'r cerrig mân yn crensian o dan ei draed. Mi fedrai o weld ffenest ei fflat o'r fan hyn.

Trodd y gornel yn y llwybr i wynebu'r fan ac o'i flaen roedd y bedd a welsai yn ei hunllef.

Roedd golwg hen ar y bedd a'r garreg yn gam. Ond roedd y pridd wedi'i symud yn ddiweddar, yn union fel y gwyddai Glyn y byddai o, fel petai'r truan oedd yn y bedd yma wedi'i gladdu ddoe ac nid flynyddoedd maith yn ôl.

Camodd Glyn yn nes at y garreg fedd er mwyn gweld yn glir beth oedd wedi'i ysgrifennu arni.

Yn rhyfedd iawn, er iddo orfod llyncu mymryn o ofn pan ddarllenodd y geiriau, wnaeth Glyn ddim synnu wrth ddarllen yr enw. Teimlai fel petai'n gwybod cyn ei weld beth fyddai wedi'i ysgrifennu.

ER COF AM
ELIZABETH DAVIES
STRYD FAWR, TYWYN.
GANED MAWRTH 11EG 1895
HUNODD MEHEFIN 3YDD 1970

HEDD, PERFFAITH HEDD

Mehefin 1970. Roedd hi'n byw yn Nhywyn yr un pryd â Glyn a'i rieni felly, ac wedi marw pan wnaethon nhw adael. Ei llyfr hi oedd yr hen lyfr ofnadwy yna, ac ati hi roedd y ferch fach wedi cyfeirio ar y prom ddoe. Roedd Glyn yn bendant hefyd mai hi oedd y ddynes â'r llygaid mawr fu yn ei freuddwydion ers cyn cof.

Ond pam?

Brysiodd Glyn oddi wrth y bedd, gan addo iddo fo'i hun na fyddai byth yn dod yn ôl yma. Rhywle, yn y darn hwn o dir, roedd esgyrn hen ddynes aflan ei hunllefau, a doedd o byth isio'i gweld hi eto.

Eisteddodd Glyn ar y fainc, ac aros.

Bu'n eistedd am awr cyn gweld y ficer, a'i goler yn dynn am ei wddw, yn prysuro ar hyd y llwybr ac agoriad mawr yn ei law. Dyn ifanc oedd o, prin yn ddeg ar hugain, meddyliai Glyn, â mop o wallt cyrliog tywyll a chroen golau. Dyn golygus, sylweddolodd Glyn. Mae'n siŵr bod hen ferched yr eglwys wedi mopio yn cael syllu ar hwn am awr bob bore Sul.

'Sgiws mi.'

Trodd y ficer i edrych ar Glyn. Gwelodd yntau'r syndod ddaeth i'w wyneb wrth iddo weld dyn mawr yn sefyll fel bownsar o'i flaen. Oedd Glyn yn codi ofn ar y dyn ifanc, tybed? Roedd llawer wedi dweud ei fod o'n gallu edrych yn ddigon bygythiol.

'Ia?'

'Sgynnoch chi bum munud?'

Edrychodd y ficer ar ei wats ac yna ar Glyn, gan awgrymu bod ei amser yn brin.

'Plis,' erfyniodd Glyn. 'Dwn i ddim lle arall i droi.'

Nodiodd y ficer yn araf, cyn ychwanegu,

'Pum munud. Sorri i'ch brysio chi, ond mae gen i briodas yn Llanegryn y bore 'ma, ac wedyn bydd yn rhaid i mi fod yn y Crem erbyn tri ar gyfer angladd.'

Gwthiodd y ficer y drws derw trwm yn

agored ac arwain y ffordd i mewn i oerfel yr eglwys. Roedd haul y bore'n tywynnu drwy'r ffenest, gan daflu enfys dros yr allor.

Safodd Glyn yn y drws, yn teimlo braidd yn anghyfforddus. Roedd blynyddoedd ers iddo fod mewn eglwys.

'Dewch i mewn,' meddai'r ficer, gan eistedd ar un o'r seddi yn y cefn, a gadael digon o le i Glyn wrth ei ymyl.

'Tydw i ddim yn dŵad i'r eglwys fel arfer,' esboniodd Glyn, er nad oedd o'n siŵr iawn pam.

'Ac eto, rydach chi yma.'

Gwenodd y ficer, ac roedd hynny'n ddigon i Glyn. Eisteddodd wrth ymyl y ficer a dechrau ar ei stori. Roedd hi'n rhyddhad i gael ei hadrodd, a dweud y cyfan wrtho, er ei bod hi'n swnio mor rhyfedd. Eisteddodd y ficer yn llonydd a thawel, gan wrando'n astud ar bob gair. Ar ôl i Glyn orffen adrodd yr hanes, eisteddodd y ddau mewn tawelwch am ychydig.

'Sorri,' ymddiheurodd Glyn, i dorri ar y tawelwch. 'Mi gymerodd hynna fwy na phum munud.'

Roedd yn hanner disgwyl i'r ficer fynnu mai dychymyg byw oedd ganddo, a'i bod hi'n amhosib bod y pethau roedd wedi sôn amdanyn nhw wedi digwydd. Duw a ŵyr, roedd Glyn yn teimlo hynny weithiau – bod y symud tŷ ac ardal wedi bod yn ormod iddo, a bod colli Caroline wedi'i yrru o'n wallgof.

'Ac mae'r bedd yn y fynwent yma?' holodd y ficer.

'Rownd y cefn. Mae'n edrych fel petai'r pridd wedi'i styrbio i gyd. Ylwch, dwi'n gwybod bod hyn yn swnic'n wallgo. Prin y medra i goelio'r peth fy hun. Ond wir i chi...' meddai o dan deimlad.

'Dwi'n dy goelio di,' meddai'r ficer, er mawr syndod i Glyn. 'Mi fyddet ti'n synnu gwybod pa mor aml mae rhywun yn fy swydd i'n cael galwad i drio cael gwared ar y math yma o beth. Ro'n i'n amheus i ddechrau, ond dwi wedi gweld gormod erbyn hyn.'

Ysgydwodd y ficer ei ben, fel petai o'n trio deall. 'Mae 'na bethau tydan ni ddim yn gallu eu hesbonio.'

'Pan dach chi wedi trio helpu pobol o'r blaen... wnaeth o weithio?'

Gwenodd y ficer yn wan. 'Do, sawl gwaith, er na weithiodd bob tro.' Cododd y ficer yn sydyn. 'Mae'n ddrwg gen i. mae'n rhaid i mi fynd i'r briodas 'ma. Lle deudist ti rwyt ti'n byw? Mi wna i alw acw pan ga i gyfle...'

'Uwchben y siop elusen. Ond... fedrwch

chi ddim dod rŵan?' holodd Glyn â siom yn amlwg yn ei lais. 'Dwi'n desbret, Ficer...'

Nodiodd y ficer mewn cydymdeimlad. 'Mae'n ddrwg gen i. Bore fory ydi'r cynhara y medra i ddod i dy weld di.'

'Ond... fedra i ddim diodde noson arall yno... Tydw i ddim isio mynd yn ôl rŵan, yng ngolau dydd, hyd yn oed!'

'Mae'n ddrwg gen i, Glyn, ond fedra i ddim gohirio'r briodas na'r cnebrwng, fedra i?' Cerddodd y ficer am y drws, cyn troi yn ôl i wynebu Glyn wrth iddo adael yr eglwys. 'Mae gen i awgrym i ti.'

Cododd Glyn ei ysgwyddau yn amheus.

'Wel, mae gen ti gliwiau am yr Elizabeth Davies yma rŵan, yn does? Dyddiad ei geni, dyddiad ei marwolaeth, lle roedd hi'n byw. Beth am i ti drio cael mwy o wybodaeth amdani? Chwilio am gliwiau pam mae hi wedi bod yn achosi hunllefau i ti yn ystod dy gyfnod yn Nhywyn.' Cododd y ficer ei lygaid ac edrych yn syth i mewn i lygaid Glyn. 'A cheisia ddarganfod pam ei bod hi wedi ailddechrau ymyrryd yn dy fywyd di.'

'Be ydach chi'n awgrymu?'

'Y llyfrgell. Mae ganddyn nhw hen bapurau newydd a ballu y medri di eu darllen yno.'

Agorodd y ficer y drws mawr derw, ond cyn

iddo fynd, roedd gan Glyn un cwestiwn arall iddo.

'Be ydach chi'n ddisgwyl y gwna i ei ffeindio am y ddynes yma? Pa reswm yn y byd fyddai ganddi i 'nychryn i, yn fwy na neb arall?'

Ysgydwodd y ficer ei ben. 'Wela i di fory, Glyn. A phob lwc.'

PENNOD 10

CYN MYND I'R LLYFRGELL, aeth Glyn am frecwast sydyn yn y caffi bach llwydaidd oedd ar draws y ffordd i'r siop elusen a'i fflat. Gofynnodd i'r ferch ifanc wrth y cownter am goffi a brechdan gig moch, cyn eistedd wrth fwrdd ger y ffenest. Medrai weld ei fflat o'r fan honno, ac adlewyrchiad o'r cymylau yn y ffenestri mawr tywyll. Roedd yn hanner disgwyl gweld yr hen wraig yn syllu i lawr arno o'i ystafell fyw neu'r ystafell wely, ond wnaeth hi ddim. Roedd popeth fel y dylai fod.

Ceisiodd Glyn ddychmygu'r hen wraig yn ei hunllefau, fel person go iawn. Ei gweld yn byw yn yr union fan yma yn yr hen ddyddiau, yn cerdded i lawr y stryd i nôl ei neges, yn galw am baned, efallai yn yr union gaffi hwn. Ond roedd yn amhosib. Doedd y ddynes aflan, a'i llygaid milain gwyn, ddim yn perthyn i'r byd go iawn.

Bwytaodd Glyn ychydig o'i frechdan, ac yfed ei goffi'n dawel. Mi fyddai o wedi hoffi aros yma drwy'r dydd a thrwy'r nos o ran hynny, gan osgoi mynd yn ôl i'r hen fflat yna. Doedd dim cuddio'r ffaith bod ar Glyn, am y tro cyntaf erioed, ofn gwirioneddol.

Roedd meddwl am aros noson arall yn y fflat yn ddigon i wneud i'w stumog ddawnsio.

Fedrai o ddim gorffen ei frechdan, hyd yn oed.

Roedd y ficer yn iawn, wrth gwrs. Rŵan ei fod o'n gwybod ambell beth am Elizabeth Davies, roedd yn rhaid iddo ddod i wybod mwy amdani. Peth rhyfedd hefyd, ei bod hi wedi marw tua'r un adeg ag y gadawodd ei deulu y dref. Efallai iddo'i phasio hi ar y stryd ac yntau'n hogyn bach.

Wrth iddo chwilio yn ei boced am newid mân, canodd ei ffôn fach. Estynnodd Glyn hi o boced ei jîns, a gweld mai rhif ei fam oedd arni.

'Haia, Mam.'

'Glyn! Dwi wedi bod yn poeni amdanat ti ar ôl siarad ddoe. Ro'n i methu cysgu'n iawn, a dweud y gwir, wrth feddwl dy fod ti yna ar dy ben dy hun. Wyt ti'n iawn?'

Pwyllodd Glyn cyn ateb ei chwestiwn. Oedd o'n iawn?

'Tydw i ddim yn siŵr, Mam.'

Ochneidiodd ei fam. 'Tyrd adra, Glyn,' ymbiliodd, gan wneud i Glyn sylwi bod ei llais yn swnio fel llais hen ddynes. 'Plis.'

Rhoddodd Glyn ei ben yn ei ddwylo, ar goll yn llwyr yn ei feddyliau. Wrth gwrs, mynd yn ôl i Fangor oedd yr ateb. Gadael yr hen le yma, anghofio iddo fod yma erioed. O leiaf câi noson gall o gwsg yn nhŷ ei fam.

'Roedd hi yn y fflat neithiwr, Mam. Mi welais ôl ei thraed hi ar y carped.'

'Pwy?' sibrydodd ei fam mewn braw.

'Yr hen ddynes sy wastad yn fy hunllef i.'

Ebychodd ei fam dros y ffôn, cyn griddfan yn ddwfn fel petai wedi'i brifo. 'Glyn...'

'Ond mae'n iawn,' prysurodd Glyn i'w chysuro. 'Mae'r ficer yn dod fory i gael gwared arni. Ac mae gen i enw iddi rŵan, felly mi fedra i ffindio mwy o'i hanes hi.'

'Paid!' gwaeddodd ei fam, a'i llais mor bendant nes dychryn Glyn ryw fymryn.

'Mae'n rhaid i mi fynd, Mam. Peidiwch â phoeni amdana i. Mi ffonia i cyn bo hir.'

Gwasgodd y botwm bach i orffen yr alwad, ac yna, wedi meddwl, diffoddodd y ffôn fach yn llwyr. Byddai ei fam yn siŵr o'i ffonio'n ôl eto, er mwyn trio'i berswadio i fynd adref. Roedd angen llonydd arno am heddiw, o leiaf, tan i'r ficer gael gwared ar yr ysbryd. Byddai o'n gallu meddwl yn gall wedyn, ystyried beth fyddai orau iddo'i wneud. Ddyliai o ddim fod wedi dweud cymaint wrth ei fam dros y ffon rŵan. Byddai hi'n siŵr o boeni amdano.

Talodd Glyn am ei frecwast, a gadael y coffi a'r frechdan ar eu hanner.

Roedd y llyfrgell yn dawel ac yn gynnes, a theimlai Glyn yn well yn syth ar ôl iddo gamu drwy'r drysau. Edrychodd y llyfrgellydd tlws i fyny arno, a gwenu wrth ei weld. Un fychan a main oedd hi a thonnau o wallt cyrliog, cochlyd dros ei hysgwyddau.

Roedd hi'n hyfryd cael rhywun yn gwenu arno, meddyliodd Glyn, cyn ystyried mor ofnadwy o drist oedd ei fywyd o wrth feddwl am y ffasiwn beth.

'Ydach chi'n chwilio am rywbeth penodol?' gofynnodd y ddynes, wrth weld Glyn yn edrych ar goll braidd.

'Rhywun ddeudodd eich bod chi'n cadw hen bapurau newydd,' atebodd Glyn.

Roedd blynyddoedd wedi mynd heibio ers iddo fod mewn llyfrgell ddiwetha gan nad oedd o'n fawr o ddarllenwr. Synnodd wrth weld bod hanner yr ystafell yn llawn desgiau a chyfrifiaduron, a phobol o bob oed yn eistedd wrthyn nhw'n chwilio'r We. Roedd pethau'n sicr wedi newid ers pan oedd o'n hogyn.

'Wrth gwrs!' Cododd y llyfrgellydd o'i chadair a'i arwain at fwrdd ynghanol y llyfrgell. Roedd silffoedd o'i gwmpas yn dal llyfrau mawr, ac ar feingefn y llyfrau roedd rhif y flwyddyn mewn print bras aur. Yn wir roedd dros ganrif ohonyn nhw a'r rheiny mewn trefn.

'Mae'r papurau lleol yn y llyfrau hyn,' meddai'r llyfrgellydd. 'Ydach chi'n chwilio am ryw flwyddyn yn benodol, neu...?'

Ysgydwodd Glyn ei ben. 'Tydw i ddim yn siŵr.'

Edrychodd y llyfrgellydd braidd yn od arno, cyn dweud, 'Wel, mi fydda i wrth y ddesg os bydd angen mwy o help arnoch chi.'

Gadawodd hi Glyn ynghanol tawelwch y silffoedd.

Dyddiad marwolaeth Elizabeth Davies, penderfynodd Glyn wrth edrych ar y silff: dyna oedd y man cychwyn. Chwiliodd ar hyd y silff cyn dod o hyd i'r gyfrol oedd â'r rhif 1970. Tynnodd hi allan, a'i hagor ar y bwrdd.

Codai arogleuon o'r hen bapur, a phesychodd Glyn. Roedd golwg digon henffasiwn ar deip y papur, gan ei atgoffa o sut byddai papurau'n edrych pan oedd o'n fach. Roedd y pennawd yn fawr a thrwm ac yn sôn am fachgen lleol yn gaeth yn China yn dilyn rhyw ddaeargryn mawr.

Eisteddodd Glyn, a bodio'n araf drwy'r tudalennau. Gwenodd wrth weld yr hysbysebion henffasiwn, am Brasso a Vim a hen dda-das. Doedd o ddim wedi meddwl am y da-das hyn ers cegawdau – Porky Pigs, Gobstoppers 'run maint â pheli golff, a Dip Dabs. Ew, roedd pethau wedi newid.

Ysgydwodd ei ben wrth sylweddoli ei fod yn gwastraffu amser yn hel meddyliau. Trodd i ganol y gyfrol, a chwilio am fis Mehefin – dyna pryd y bu Elizabeth Davies farw. Siawns na fyddai nodyn yn y marwolaethau yn sôn amdani.

Edrychodd yn ofalus yn y papur a argraffwyd yr wythnos y bu hi farw, ond doedd dim gair amdani yno. Ochneidiodd Glyn. Efallai nad oedd adroddiad amdani hi o gwbl. Trodd at bapur yr wythnos wedyn, heb fawr o ffydd y byddai'n dod o hyd i unrhyw gyfeiriad ati.

Cyflymodd ei galon wrth weld ffotograff ar y dudalen flaen yn syllu arno. Roedd yr wyneb yn un cyfarwydd ac eto'n hollol ddieithr.

Y ddynes yn ei hunllefau! Dyma hi! Ac i gadarnhau ei holl amheuon, darllenodd ei henw, Elizabeth Davies, mewn print mân o dan y llun.

Ac eto, roedd hi'n wahanol. Edrychai ei gwallt yn fwy taclus na gwallt y ddynes yn ei hunllefau ac roedd hanner gwên ar ei hwyneb yn y llun. Doedd dim olion o'r casineb ar ei hwyneb y daeth Glyn mor gyfarwydd â'i weld. Er bod y llun yn fach, roedd hi'n amlwg nad oedd y llygaid yn ddim byd tebyg i'r cylchoedd mawr gwyn a fu'n dychryn Glyn ers bron i hanner canrif.

Teimlai Glyn ei galon yn dechrau curo'n uchel yn nistawrwydd y llyfrgell, er mai digon plaen yr olwg oedd y ddynes yn y ffotograff o'i flaen. Beth oedd wedi troi'r hen wraig hon yn y papur newydd yn wrach aflan oedd yn ceisio difetha'i fywyd?

Trodd ei lygaid at y stori, a'i darllen yn ofalus:

Gwraig wedi'i lladd mewn damwain

Dydd Mercher diwethaf, ar waelod Allt y Waun, Tywyn, bu farw Elizabeth Davies, 74 oed, o Stryd Fawr, Tywyn, wedi iddi gael ei tharo gan gar. Cafodd ambiwlans ei alw ond roedd Miss Davies wedi marw cyn iddynt gyrraedd.

Mae'n aneglur beth yn union a achosodd y ddamwain. Dywedodd cynrychiolydd yr heddlu eu bod wedi holi nifer o bobol, ond nad oedd neb wedi cael ei arestio.

Yn wreiddiol o Dywyn, roedd Miss Davies yn gweithio fel arlunydd o'i thŷ ar y Stryd Fawr. Roedd yn adnabyddus fel artist gan ei bod wedi darlunio nifer o lyfrau i blant. Dywedodd ei chymdogion ei bod yn ddynes dawel a oedd yn mwynhau ei chwmni ei hun.

Nid oes gan Miss Davies deulu yn yr ardal.

Darllenodd Glyn y geiriau ddwywaith cyn cau'r llyfr ac eistedd yn ôl yn ei gadair. Damwain ar y ffordd. Cael ei tharo gan gar. Damwain hunllefus, heb os nac oni bai, ond doedd hynny ddim yn esbonio pam roedd Elizabeth Davies yn ei boeni o. Doedd ganddo fo ddim byd i'w wneud â'i marwolaeth. Mae'n rhaid bod rheswm arall.

Allt y Waun, meddyliodd Glyn, gan gofio am yr allt serth yr ochr arall i'r dref. Doedd y ffordd honno ddim yn brysur. Roedd siop fach ar ben yr allt, a thai bob ochr i'r ffordd, ond roedd hi'n anodd meddwl sut y byddai damwain wedi gallu digwydd yno.

Cododd Glyn, a rhoi'r papur yn ôl yn ei le ar y silff. Doedd dim amdani ond mynd i Allt y Waun i gael cip ar y lle. Efallai na fyddai o'n dysgu dim byd newydd, ond fyddai hi'n gwneud dim drwg iddo gael golwg ar y lle er iddo fod yno'n ddiweddar. Doedd o ddim am fynd yn ôl i'r fflat, p'run bynnag, a byddai mynd am dro bach i ochr arall y dref yn siŵr o ladd amser.

Diolchodd Glyn i'r llyfrgellydd wrth adael. Efallai y câi o gyfle i ddod yn ei ôl cyn bo hir. Roedd rhywun yn gallu dod o hyd i lawer o wybodaeth am berson ar y We, medden nhw, ac efallai y byddai teipio 'Elizabeth Davies' neu 'Elizabeth Davies Tywyn' yn dod o hyd i ryw wybodaeth newydd.

ROEDD Y DREF YN dechrau prysuro erbyn hyn, a'r ceir yn gwibio'n ddiamynedd ar hyd y stryd fawr. Cerddodd Glyn a'i ddwylo ym mhocedi ei siaced ledr, gan drio peidio â dal llygaid unrhyw un fyddai'n mynd heibio iddo ar y stryd. Doedd o ddim yn ddyn cymdeithasol iawn beth bynnag, a doedd o'n sicr ddim yn ffansïo sgwrsio am y tywydd gyda Brymis ar wyliau.

Ymhen deg munud, cyrhaeddodd Glyn Allt y Waun. Roedd hi fel y bedd yno: dim pobol, dim ceir, a'r tai yn hollol dawel. Roedd y siop fach ar ben yr allt yn edrych fel petai wedi gweld dyddiau gwell, a'r arwydd y tu allan wedi rhydu bellach.

Syllodd Glyn ar y ffordd, er nad oedd yn gwybod am be roedd o'n chwilio. Cofiodd iddo ddarllen yn adroddiad y papur newydd mai ar waelod yr allt roedd y ddamwain wedi digwydd. Oedd Elizabeth yn croesi'r ffordd, efallai, neu oedd gyrrwr y car wedi colli rheolaeth arno ac wedi'i tharo ar y pafin?

Trodd Glyn a mynd tua'r siop fach. Doedd o ddim am fynd yn ôl i'r fflat nes byddai'r ficer wedi creu rhyw hud a lledrith arbennig i gael gwared ar Elizabeth. Doedd ganddo ddim syniad o gwbl lle byddai o'n treulio'r nos, ond gallai feddwl am hynny'n hwyrach. Penderfynodd brynu papur newydd o'r siop fach a ffeindio rhyw fainc yn rhywle i'w ddarllen.

Roedd hi'n dywyll yn y siop ac fe gymerodd ychydig eiliadau i lygaid Glyn ddod i arfer â'r tywyllwch. Edrychodd o'i gwmpas yn y siop henffasiwn ar y silffoedd tal, blêr, heb drefn yn y byd. Roedd y bisgedi wrth ymyl y powdr golchi dillad, a hwnnw nesaf at y bwyd ci. Medrai Glyn glywed oglau nad oedd wedi'i synhwyro ers pan oedd o'n blentyn. Oglau siop go iawn, yn ham, siwgr, triog a bara, popeth wedi'i gymysgu gan greu rhyw arogl a godai awydd bwyd arno. Roedd pobman mor lân a threfnus mewn siopau y dyddiau hyn, a'r archfarchnadoedd heb awgrym o unrhyw awyrgylch nag arogleuon hyfryd, henffasiwn. Mor braf oedd bod mewn siop fechan fel hon.

'Good morning.'

Daeth y llais o'r tu ôl i'r cownter. Trodd Glyn i edrych ac am eiliad, fedrai o ddim gweld neb. Roedd y dyn mor fyr, doedd dim rhyfedd nad oedd Glyn wedi sylwi arno. Pwyso ar y cownter gan edrych fel pe bai am ddisgyn yn llanast ar y llawr unrhyw funud roedd y siopwr. Hen ŵr hollol foel, yn gwisgo sbectol drwchus, â ffrâm dywyll, oedd yno. Rhoddodd Glyn wên fach wrth sylwi ei fod o'n gwisgo ffedog – doedd o ddim wedi gweld siopwr mewn ffedog ers blynyddoedd maith.

'Bore da,' atebodd Glyn yn Gymraeg. Roedd acen Gymreig cyfarchiad y siopwr mor gryf nes awgrymu'n bendant i Glyn ei fod o'n gallu siarad yr iaith.

'Cymraeg ydach chi?' holodd y siopwr yn syn.

Nodiodd Glyn ei ateb.

'Tydach chi ddim yn edrych fel rhywun sy'n siarad Cymraeg.'

Gwenodd Glyn. Beth oedd ystyr edrych fel rhywun Cymraeg ei iaith, tybed? Fel ffermwr, yn gwisgo cap stabal ac yn drewi o dail? Yn sicr, nid siaced ledr a phen wedi'i eillio, roedd hynny'n amlwg. Edrychodd y siopwr arno.

'Fisitor ydach chi?'

'Na... Newydd symud i un o'r fflatiau ar y stryd fawr.'

Ysgydwodd y siopwr ei ben, fel petai o newydd ddatrys dirgelwch 'Ond tydach chi ddim yn *lleol...*'

'O Fangor,' cyfaddefodd Glyn. Roedd ei acen yn fwy amlwg nag roedd o wedi meddwl, mae'n rhaid. 'Ond ro'n i'n byw yma pan o'n i'n fach.'

Nodiodd y siopwr, ond medrai Glyn weld ei fod o wedi colli diddordeb.

Roedd pentyrrau o bapurau newydd mewn rhesi ar lawr, a phlygodd Glyn i estyn am ddau neu dri o rai gwahanol. Roedd yn mynd i fod yn ddiwrnod hir, ac o leiaf byddai ganddo rywbeth i'w ddarllen. Aeth â nhw at y cownter a rhoi ei bres ar y cownter llychlyd. Wrth i'r siopwr agor y til, craffodd Glyn arno, a daeth teimlad rhyfedd iawn drosto.

Roedd o'n ei gofio fo!

Oedd, a'r siop hefyd... Er bod y siop yn arfer bod yn daclusach a bod mop o wallt du yn arfer bod ar ben y siopwr. Ochneidiodd Glyn, wedi'i synnu gan yr atgof. Yr unig beth roedd o'n ei gofio am Dywyn, ac yntau wedi dod yn ôl wedi'r holl flynyddoedd. Cofiai fod Glyn ei hun yn fychan bryd hynny, a'r silffoedd yn dalach nag o. Cofiai am ei fam yn sefyll wrth y cownter, yn drwsiadus mewn sgert las a'i gwallt wedi'i glymu'n gwlwm du y tu ôl i'w phen.

Caeodd Glyn ei lygaid i drio dwyn mwy o'r atgofion hyn yn ôl. Oedd, roedd 'na fwy! Roedd Glyn wedi estyn ei law fach at un o'r silffoedd uchel tra oedd ei fam yn mân siarad efo'r siopwr... wedi cydio mewn pecyn o fisgedi, rhai crwn efo eisin bob lliw ar eu pennau... ac yn dawel bach, bach roedd o wedi agor y pecyn ac wedi dechrau bwyta'r bisgedi.

Bron na allai Glyn eu blasu nhw rŵan.

Ac wedyn, fel roedd yn siŵr o ddigwydd, roedd ei fam wedi troi i edrych arno, wedi'i ddal o a'i geg yn llawn a'r pecyn yn ei law. Medrai Glyn gofio'i hwyneb blin, a'r siopwr yn ysgwyd ei ben. Roedd ei fam wedi brysio at Glyn orau y medrai mewn sodlau uchel a thynnu'r pecyn o'i law. Plygodd i lawr ato nes bod ei hwyneb yn agos, agos a hisian yn flin, 'Hogyn drwg, Glyn. Mi gei di aros yn y car y tro nesa!' Ymddiheurodd ei fam i'r siopwr a thalu'n gyflym am y bisgedi, cyn ei hebrwng o i'r car mawr gwyrdd y tu allan a gyrru adref mewn tawelwch.

'Ydach chi'n iawn?' gofynnodd y siopwr, gan chwalu'r atgof a dod â Glyn yn ôl i'r presennol. Agorodd ei lygaid, a bu bron â chwerthin wrth weld y siopwr yn edrych arno fel petai o ddim hanner call.

'Hel atgofion roeddwn i. Fa'ma byddai Mam yn dod i nôl ei neges pan o'n i'n fach.'

'A!' Nodiodd y siopwr, a rhyw olwg bell a thrist yn ei lygaid. 'Byddai llawer yn siopa yma erstalwm. Piciad i mewn i brynu torth neu bapur newydd fydd pobol rŵan... Maen nhw'n mynd i'r archfarchnad ac am y siopau mawr...'

Syllodd yn gyhuddgar ar y papurau newydd roedd Glyn yn eu prynu.

Cododd Glyn y swp papurau a'i throi hi. Ffarweliodd â'r siopwr, ond ddywedodd hwnnw 'run gair wrth iddo adael.

PENNOD 12

ROEDD HI'N DDIWRNOD CYNNES, diolch byth, ac eisteddodd Glyn ar fainc ar lan y môr drwy'r prynhawn, yn darllen ei bapurau ac yn hel meddyliau. Erbyn min nos, roedd y rhan fwyaf o bobol wedi mynd adref neu yn ôl i'w gwestai, ac roedd hi'n dawel ar y prom.

Roedd Glyn wedi ymlâdd. Chawsai o ddim noson dda o gwsg ers amser maith ac er mor anghyfforddus oedd y fainc, gallai deimlo blinder yn dod drosto. Efallai na fyddai'r hen wraig yn dod i'w freuddwydion pe bai o'n cysgu yn y fan hyn, meddyliodd Glyn. Gadawodd i'w lygaid gau wrth iddo syllu ar yr haul yn machlud o'i flaen. Efallai mai yn y fflat y byddai hi. Ceisiodd anghofio am yr holl bethau oedd wedi digwydd iddo yn ystod y dydd – y siop a'i hatgofion, y ficer, print mân y papur newydd yn adrodd am farwolaeth Elizabeth Davies yr artist...

Agorodd Glyn ei lygaid yn sydyn.

Artist oedd hi. Darlunio llyfrau plant roedd o'n dweud yn y papur. Sut nad oedd o wedi meddwl am hyn ynghynt?

Hi oedd wedi gwneud y lluniau yn yr hen lyfr ofnadwy 'na yn y fflat. Yr un oedd yn ei ddangos o'n cysgu yn ei wely, a'r hen wraig aflan yn plygu drosto. Y llyfr oedd y drwg, meddyliodd Glyn. Nid y fo! Nid y fflat! Y blydi llyfr 'na!

Petai o'n cael gwared ar y llyfr... yn ei daflu o i'r bin ac yn anghofio amdano. Mi fyddai'r hen wraig yn siŵr o adael llonydd iddo, yn byddai? Ac mi gâi o fynd yn ôl at ei fywyd newydd, a meddwl am addurno'r fflat, dechrau busnes bach ei hun...

Cododd Glyn ar ei draed a rhyw ddewrder newydd yn ei safiad. Roedd yn rhaid iddo fo sortio hyn a'i sortio fo rŵan. Peth hollol wirion oedd ei fod o, dyn canol oed, yn ofni mynd yn ôl i'w gartref ei hun. Ac arno ofn beth? Ysbryd? Rhyw gymeriad a fu'n rhan o'i hunllefau ers pan oedd yn hogyn bach? Doedd y ddynes ddim yn bod, er mwyn dyn!

Gadawodd ei bapurau newydd ar y fainc a cherdded yn gyflym drwy'r dref, gan gymryd camau mawr pwrpasol. Roedd ei feddwl yn llwyr ar y llyfr wrth ei wely, hwnnw efo'r teitl addas, aflan. HUNLLEF.

Ymhen pum munud, safai Glyn ar y pafin gyferbyn â'i gartref, yn edrych i fyny at ffenestri ei fflat. Roedd ei galon yn curo'n uchel mewn nerfusrwydd ac ofn, ond doedd o ddim yn fodlon ildio rŵan. Rhaid iddo fynd i mewn, cyn colli ei ddewrder unwaith eto.

Estynnodd am y goriad ac agor drws y siop elusen. Heb betruso, aeth heibio'r hen ddillad, oedd fel ysbrydion ar y rheiliau, ac anelu'n syth am y grisiau. Llyncodd ei ofn wrth gamu i fyny, dau ris ar y tro.

Cerddodd o un ystafell i'r llall yn ei fflat, gan droi pob un golau ymlaen. Roedd popeth yn llonydd, yn dawel, a phopeth yn union fel y gadawodd o nhw'r bore hwnnw. Safodd am eiliad wrth weld yr olion traed mwdlyd ar lawr yr ystafell fyw, ond roedd yn rhaid iddo ddal ati.

Aeth i nôl y llyfr o'r ystafell wely.

Ble roedd o'n mynd i'w roi o? meddyliodd. Oedd 'na fin sbwriel y tu allan, ar y stryd, tybed? Penderfynodd edrych drwy ffenest y gegin i weld a fedrai o weld un.

A dyna lle'r oedd hi, yn eistedd ar y fainc gyferbyn â'r fflat.

Elizabeth, yn fychan ac yn fusgrell, a'i chôt fawr lwyd yn drwm amdani. Medrai Glyn weld yr awel yn ei gwallt gwyn. Roedd hi'n edrych ar ei thraed a'r teits tyllog.

Sut roedd ysbryd yn gallu edrych mor real? meddyliodd Glyn, gan deimlo'i fol yn troi. Ac yn hytrach na chael ofn y tro yma, teimlai Glyn ei fod eisiau crio fel babi blwydd. Roedd o wedi cael llond bol ar fod yn ofnus, yn nerfus, a phopeth roedd o'n ei wneud yn cael ei effeithio gan y ddynes hon oedd yn amlwg yn ei gasáu.

Wrth iddo edrych arni, cododd yr hen wraig ei phen yn araf a throi i edrych arno. Ebychodd Glyn yn uchel wrth weld y gwenwyn a'r malais yn ei hwyneb. Pa faint bynnag o weithiau y gwelai hi, doedd hi ddim tamaid llai dychrynllyd – ei llygaid bron yn gwbl wyn a dim ond dotiau bychan o liw yn eu canol.

Roedd hi wedi dianc o'i hunllefau, meddyliodd Glyn. Roedd hi yma, rŵan, yn y byd go iawn. Gwyliodd mewn dychryn wrth i'r hen wraig godi'n boenus ar ei thraed a cherdded yn araf tuag at ddrws y siop elusen. Thynnodd hi mo'i llygaid oddi ar Glyn.

Tydw i ddim wedi cloi'r drws, meddyliodd Glyn. Ro'n i ar ormod o frys i nôl y llyfr, a rŵan... Dechreuodd grynu, a gollyngodd y llyfr ar lawr y gegin yn ddamweiniol. Glaniodd hwnnw ar ei gefn, ac agor yn y canol.

Syllodd Glyn ar y darlun, ac yn sydyn roedd o'n deall.

Llun yr hen wraig oedd yna: Elizabeth Davies, yn gorwedd ar ganol y ffordd. Roedd ei llygaid ynghau, ei sgidiau yn gorwedd ar y ffordd, a'i theits wedi'u rhwygo. Hyn oll am iddi gael ei tharo gan gar mawr gwyrdd oedd yn ei hymyl yn y llun.

Car Mam oedd hwnna, cofiodd Glyn. Y car roedd hi'n ei yrru y diwrnod y gwnaeth o ddwyn y bisgedi yn y siop. Dyna pam roedd Elizabeth ar ei ôl o. Dyna pam roedd hi'n flin wrtho. Ei fam oedd yn gyfrifol...

Clywodd sŵn drws y siop yn agor a chau, a chododd Glyn mewn dychryn. Edrychodd drwy'r ffenest. Doedd Elizabeth ddim yno. Mae hi ar ei ffordd yma, sylweddolodd Glyn. Clywodd sŵn traed yn cerdded yn araf ar hyd llawr y siop ac yn dringo'r grisiau ris wrth ris.

Edrychodd Glyn drwy'r ffenest unwaith eto, ac ystyried a oedd hi'n saffach iddo neidio. Na, fedrai o ddim mentro. Roedd y fflat yn rhy uchel. Ond wrth glywed y traed yn dringo'r grisiau a dychmygu'r hen wraig aflan yna'n dod yn nes ato, ei llygaid hyll yn chwilio amdano, a'i bysedd main, esgyrnog yn estyn tuag ato...

Syllodd ar y grisiau wrth iddi agosáu, gan deimlo'i du mewn yn corddi.

Pan ymddangosodd y ddynes fain ar ben y grisiau, bu bron i Glyn ei gwthio hi 'nôl i lawr, ond rhewodd wrth weld y sgidiau taclus ar ei thraed, y siwmper binc, a'r gwallt wedi britho.

'Mam!' ebychodd Glyn yn syn.

'Roedd yn rhaid i mi ddod,' meddai ei fam

yn ddi-wên, ond prin y medrai Glyn wrando arni. Brysiodd i edrych y tu ôl iddi i lawr y grisiau, cyn rhuthro i'r gegin i edrych drwy'r ffenest. Dim sôn am neb.

'Glyn!' meddai ei fam, yn methu deall pam nad oedd hi'n cael croeso ganddo.

'Dwi'n gwybod pam eich bod chi yma,' meddai Glyn.

Cododd ei fam ei aeliau arno, fel petai'n gofyn cwestiwn.

'Elizabeth Davies.'

Nodiodd ei fam. 'Ro'n i am ddweud wrthat ti cyn i ti ffeindio allan. Dwi wedi cadw'r wybodaeth oddi wrthat ti mor hir, Glyn... ers pan oeddat ti'n hogyn bach...'

'Sut nad ydw i'n cofio?' gofynnodd Glyn. 'Mae'n rhaid bod 'na ambiwlans, a heddlu...'

Ysgydwodd ei fam ei phen. 'Mi wnest tithau daro dy ben, llewygu am ychydig. Erbyn i ti ddod atat dy hun, roedd yr ambiwlans wedi mynd â'r hen wraig, a chditha'n cofio dim. A phan benderfynaist ti symud yn ôl i Dywyn ar ôl yr holl flynyddoedd...'

'Dyna pam roeddach chi am i mi aros ym Mangor,' sylweddolodd Glyn. 'Rhag ofn i mi ddod i wybod y gwir...'

'Ac o achos yr hunllefau 'na roeddet ti'n eu cael... Yn ei disgrifio hi'n berffaith, yr holl fanylion... ei chôt lwyd, y rhwyg yn ei theits...'

'Ond os gwnes i lewygu, sut roeddwn i'n gwybod am y pethau yna? Fyddwn i ddim wedi'i gweld...'

'Tydw i ddim yn gwybod,' atebodd ei fam gan hanner sibrwd, a gwelodd Glyn rywbeth cyfarwydd yn ei llygaid.

Ofn.

'Mae'n rhaid i ni gael gwared ar hwn,' meddai Glyn gan afael yn y llyfr a dechrau tynnu ei fam i lawr y grisiau. 'Ei losgi fo, os oes rhaid. Mae rhywbeth aflan ynddo fo...'

'Be ydi o?' gofynnodd ei fam wrth frysio ar ei ôl i lawr y grisiau a thrwy'r siop elusen.

'Ei llyfr hi. Hi wnaeth y lluniau hyn, ac maen nhw'n dangos pethau afiach... Hunllefau... Mae 'na luniau ohona i'n cysgu, a llun ohoni hi yn farw o dan y car...'

Agorodd y drws, a chamodd y ddau i'r stryd. Roedd yr haul wedi machlud bellach, a'r awyr wedi troi'n las tywyll fel denim.

'Mam,' meddai Glyn yn sydyn, wrth i syniad newydd ddod i'w feddwl. 'Tydi hi ddim yn saff i chi fod yma. Mae'n rhaid i chi fynd adref.'

Trodd ei fam i'w wynebu. 'Pam...?'

'Os ydi Elizabeth Davies ar fy ôl i am mod

i wedi bod yn y car, mi fydd hi'n wyllt gacwn efo chi am mai chi oedd yn gyrru!'

Syllodd ei fam ar Glyn am amser hir, yn agor a chau ei cheg fel petai'n trio dweud rhywbeth. 'Ond Glyn...' meddai o'r diwedd. 'Ro'n i'n meddwl dy fod ti'n gwybod.'

'Gwybod be?' gofynnodd Glyn.

'Nid fi oedd yn gyrru'r car,' meddai ei fam yn dawel. 'Ond ti.'

Teimlodd Glyn ei du mewn yn clymu'n dynn. Dechreuodd deimlo'n sal.

'Dyna pam mae hi ar dy ôl di,' esboniodd ei fam, a thristwch mwya'r byd yn ei llais. 'Trio dial mae hi. Nid fi a'i lladdodd hi, Glyn, ond ti.'

PENNOD 13

WEDYN, MEDRAI GLYN GOFIO popeth am yr hyn a ddigwyddodd.

Wrth weld ei fod yn sigledig ar ei draed arweiniodd ei fam o at y fainc ar draws y ffordd. Yr union fainc lle roedd Elizabeth Davies yn eistedd ychydig funudau ynghynt. Daeth yr atgofion fel llif yn ôl i feddyliau'r mab, fel petai ei fam wedi datgloi rhyw ddrysau oedd wedi bod ynghlo ers degawdau. Roedd yr holl ddigwyddiad mor glir yn ei feddwl erbyn hyn, fel na fedrai gredu iddo fod yn angof ers cymaint o amser.

Ei fam, yn ifanc, yn edrych yn ôl arno fo yn sedd gefn y car, ei gwallt yn gwlwm taclus a'r minlliw fel craith ar ei gwefusau. 'Aros di yn y car.'

'Pliiiiiis ga i ddod i mewn?' gofynnodd Glyn, gan gicio'i goesau bach tewion pump oed yn erbyn sedd y car.

'Na chei. Ddim ar ôl y tro diwetha. Tydi lladron ddim yn cael croeso mewn siopau.'

Gwgodd Glyn wrth i'w fam gamu allan o'r car.

'Paid ti â symud modfedd,' meddai'n llym, cyn cau'r drws â chlep.

Cyn gynted ag roedd hi wedi diflannu drwy ddrws y siop, dringodd Glyn i sedd y gyrrwr a gafael yn y llyw. Roedd o'n gwirioni ar geir, wrth ei fodd gydag unrhyw beth yn ymwneud ag injan, a chyn pen dim roedd o ar goll yn y gêm... Yn smalio'i fod o'n gyrru'n gyflym ar hyd y ffyrdd llydan. Bu'n dynwared yr holl symudiadau roedd wedi gweld ei fam yn eu gwneud wrth iddi yrru – yn troi'r llyw, yn ysgwyd ffon y gêr. A heb iddo feddwl am y peth, pwysodd y botwm bach ar y brêc llaw a'i wthio i lawr...

Digwyddodd popeth mor sydyn wedyn. Dechreuodd y car symud. Roedd teimlad ofnadwy ym mol Glyn y byddai o mewn trwbwl go iawn y tro 'ma. Cyflymodd y car i lawr yr allt, a Glyn yn gweiddi 'Mam', er na allai hi ei glywed. Yna, gwelodd yr hen wraig o flaen y car. Dim ond am eiliad, cyn i'r car ei tharo.

'Fi lladdodd hi,' meddai Glyn, gan roi ei ben yn ei ddwylo.

Er iddo deimlo llaw ei fam yn rhwbio'i gefn yn garedig fedrai o ddim edrych arni. Sut y medrai o edrych ar neb eto? Roedd o'n llofrudd, ac wedi bod yn llofrudd ers blynyddoedd.

''Mond hogyn bach oeddat ti,' cysurodd ei

fam. 'Ddyliwn i ddim fod wedi dy adael di yn y car...'

'Mi ddeudoch chi wrtha i am beidio â symud yn y car,' atebodd Glyn yn wan.

'Ond dim ond plentyn oeddat ti...'

Estynnodd ei fam am y leitar pinc o'i phoced. Am eiliad roedd Glyn yn meddwl ei bod hi am gynnau sigarét, ond na. Cydiodd yn y llyfr oedd yn nwylo Glyn, a chynnau ei gornel â fflam fechan. Diffoddodd y tân ond daliodd ati, gan ailgynnau'r tân droeon cyn i'r fflam gydio'n iawn. Wrth i'r tân ledu ar hyd y llyfr, gollyngodd o ar y pafin o'u blaenau, a gwyliodd y ddau y tudalennau'n troi'n llwch.

'Pan oedden nhw'n clirio'i thŷ hi mi ddaethon nhw o hyd i bethau rhyfedd. Roedd hynny, cofia, yn y dyddiau cyn i'r siop elusen agor – un tŷ mawr oedd yr adeilad bryd hynny,' meddai ei fam wrtho.

Syllodd ei fam i fol y tân yn feddylgar, fel petai wedi bod yn troi a throsi'r ffeithiau yn ei meddwl dros y degawdau.

'Llyfrau'n llawn lluniau rhyfedd o bobol yn dioddef a phobol yn marw. Mi ddechreuodd pobol sôn ei bod hi'n wallgof, neu bod 'na ryw ddiafol ynddi. Dwn i ddim am hynny. Mi symudon ni oddi yma cyn gynted â phosib er mwyn i ti fod yn ddigon pell oddi wrth bopeth oedd wedi digwydd.'

'Mae hi wedi codi ofn arna i, Mam,' meddai Glyn, gan deimlo'n wirion ei fod o'n yngan y ffasiwn frawddeg ac yntau'n ddyn yn ei oed a'i amser.

Y bore wedyn, ar ôl noson mewn gwely a brecwast, aeth Glyn a'i fam yn ôl i'r fflat i gwrdd â'r ficer. Wrth iddyn nhw gerdded drwy'r siop, gwenodd Joyce ar Glyn cyn troi at ei fam, a syndod ar ei hwyneb.

'Elen?' gofynnodd Joyce, prin yn medru credu ei llygaid. 'Dwi'n iawn tydw, Elen ydach chi? Roeddach chi'n arfer byw yma, erstalwm...'

Nodiodd mam Glyn a gwenu'n stiff. 'Mae'n ddrwg gen i, fy ngho i...'

'O na, fyddech chi ddim yn fy nghofio i,' mynnodd Joyce. 'Ac felly, chi ydi mam Glyn! Felly Glyn ydi...' Gadawodd y frawddeg ar ei hanner, ond roedd hi'n amlwg beth oedd ar ei meddwl – Glyn oedd yr un a laddodd yr hen ddynes, flynyddoedd maith yn ôl.

Llyncodd Glyn ei boer wrth weld y syndod, ac yna'r embaras ar wyneb Joyce druan. Mi fyddai'n siŵr o ddweud wrth ei chyd-weithwyr, ac mi fyddai'r stori ar led drwy'r dref gyfan erbyn amser te. Wyddoch chi pwy sydd wedi dŵad yn ei ôl? Yr hogyn wnaeth ladd yr hen ddynas 'na, flynyddoedd yn ôl, wrth chwarae'n wirion yng nghar ei fam. Od, 'te. I be oedd o isio dod yn ei ôl, dwedwch?

'Esgusodwch ni,' meddai Glyn, a'i heglu hi i fyny'r grisiau.

Ychydig wedi iddyn nhw gyrraedd daeth y ficer, gan ymddiheuro nad oedd wedi medru bod o gymorth i Glyn ynghynt. Gwasgarodd ddŵr sanctaidd ym mhob ystafell yn y fflat gan adrodd gweddi. Ac er nad oedd Glyn wedi gofyn iddo wneud, gweddïodd dros Glyn hefyd, a gwlychu ei dalcen â'r hyn oedd yn weddill o'r dŵr. Chwarae teg iddo.

Ar ôl i'r ficer adael, stwffiodd Glyn ei bethau mwyaf gwerthfawr i fac-pac mawr, a glanhaodd ei fam y fflat. Wnaethon nhw ddim siarad o gwbl, dim ond gweithio'n ddygn a thawel wrth i'r ddau feddwl ac ystyried.

'Wyt ti'n siŵr dy fod ti am adael y petha yma i gyd?' gofynnodd ei fam ar ôl iddyn nhw orffen. 'Y cynfasau, y llestri...'

'Dwi'm isio nhw,' atebodd Glyn yn syml, ac am y tro olaf cerddodd y ddau i lawr y grisiau a gadael yr adeilad.

Wrth groesi'r stryd, roedd Glyn yn sicr na fyddai o byth yn dod yn ei ôl i'r dref hon eto.

Roedd yn sylweddoli hefyd na fyddai hi'n bosibl iddo ddechrau o'r newydd yn unman arall chwaith. Ble bynnag y byddai'n mynd, byddai ei orffennol yn ei ddilyn. Amhosib ydi dianc rhag atgofion.

NODYN GAN YR AWDUR

ROEDDWN I'N FLINEDIG, YN flin ac yn sychedig pan es i i'r Lion ym Mangor am hanner bach sydyn o gwrw fis Hydref diwetha. Ro'n i'n trio sgwennu stori, ond rywsut fedrwn i ddim meddwl am be i'w sgwennu. Mi fyddai cael rhywbeth bach i'w yfed yn siŵr o helpu, meddwn wrtha fy hun a setlo ar stôl uchel wrth y bar.

Dyna pryd y cwrddais i â Glyn. Roedd o ar ei bumed peint, yn edrych fel petai o wedi cael llond bol ar fywyd.

'Methu sgwennu?' meddai o ar ôl i ni gael sgwrs fer, gan godi'i beint am lymaid arall. 'Ma gin i stori y medri di ei sgwennu.'

A dyna sut y dois i i wybod amdano, am ei hanes ac am yr ysbryd oedd wedi'i ddilyn o ar hyd ei oes.

'Be ddigwyddodd wedyn?' gofynnais ar ôl iddo orffen adrodd ei hanes. 'Ar ôl i ti ddod yn ôl i Fangor? Welaist ti Elizabeth wedyn?'

Ysgydwodd ei ben, a drachtio'r diferion olaf o'i beint. 'Naddo. Wn i ddim ai fi'n gadael Tywyn dawelodd hi, neu'r ficer, neu'r weithred o losgi'r llyfr. Ond welais i mohoni hi wedyn.' Cododd oddi ar ei stôl, yn barod i'w throi hi am adref. 'Ac eto...'

'Be?' gofynnais yn frwd.

'Mae hi'n dal yma, rywsut. Dwi'n ei synhwyro hi. Mae fel petai'n fy nilyn i. Mi fydda i'n clywed oglau Lily of the Valley yn y llefydd rhyfedda... Wneith hi ddim gadael i mi anghofio be wnes i.'

A gan godi ei law, gadawodd gynhesrwydd y Lion a'i ddwylo'n ddwfn yn ei bocedi.

Nytar arall, meddyliais gan archebu diod arall. Roedd tafarndai Bangor yn llawn *weirdos* a phob un yn adrodd y straeon mwya anhygoel.

Gwelais i o drwy'r ffenest, yn mynd heibio ar ei ffordd adref.

Gwelais hefyd ffurf yn ei ddilyn, ychydig gamau y tu ôl iddo. Brysiais at y ffenest, a chodi fy llaw dros fy ngheg mewn syndod wrth weld yr hen wraig yn dynn ar ei sodlau, ei chôt lwyd yn drwm amdani a'i thraed noeth mewn teits tyllog. Fedrwn i ddim gweld ei hwyneb. Eto roeddwn i'n hollol sicr fod 'na gasineb a gwallgofwydd i'w weld ynddo, a bod y llygaid mawr dychrynllyd yn syllu'n gas ar ei ôl. Châi o ddim llonydd ganddi.

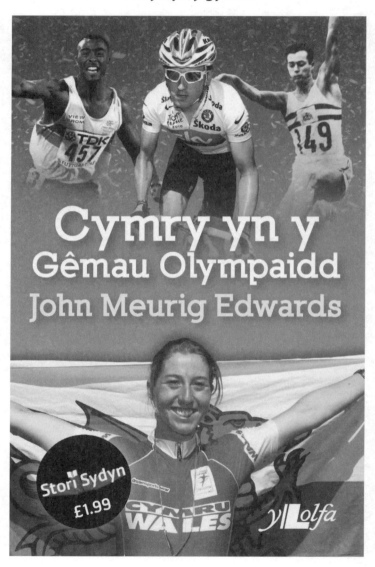

Cymry yn y
Gêmau Olympaidd
John Meurig Edwards

Stori Sydyn
£1.99

y Lolfa

YR ELYRCH

DATHLU'R 100

GERAINT H.
JENKINS

Stori Sydyn
£1.99

y Lolfa

Am restr gyflawn o lyfrau'r Lolfa, mynnwch
gopi o'n catalog newydd, rhad
neu hwyliwch i mewn i'n gwefan

www.ylolfa.com

lle gallwch archebu llyfrau ar lein.

TALYBONT CEREDIGION CYMRU SY24 5HE
ebost ylolfa@ylolfa.com
gwefan www.ylolfa.com
ffôn 01970 832 304
ffacs 832 782